Steffen Lukas
Maximilian Reeg

SINNLOS-MÄRCHENBUCH
Vol. 4

auf sächsisch!

Herausgegeben von Maximilian Reeg,
mit freundlicher Unterstützung von RADIO PSR

Copyright © 2022 by Maximilian Reeg & Steffen Lukas
Herstellung und Verlag: BoD – Books on Demand,
Norderstedt
Satz: Germaine Paulus

Oktober 2022
ISBN: 9-783756-840182

Inhalt

Vorwort
der Gebrüder Wilhelm und Jacob Grimm

Liebe Leserinnen, liebe Leser!

Herzlichen Glückwunsch zum Erwerb des Sinnlos-Märchenbuchs Vol. 4!

Wir danken Ihnen für Ihr Vertrauen in diesen schwierigen Zeiten! Obwohl uns die Konkurrenz aus der Hans-Christian-Andersen-Besatzungszone das Lachgas nun endgültig abgedreht hat, verfügen wir noch über große Lagerbestände an Gags, Witzen, Pointen, Späßen und geschmackvollen Zoten, so dass es trotzdem ein lustiger Winter im sächsischen Märchenwald werden wird. Gleichzeitig setzen wir alle Kräfte daran, unsere Humorproduktion auf erneuerbaren Ulk umzustellen.

Unsere Lachkrampfwerke, die wir letztes Jahr eingemottet hatten, um das Betriebsklima im sächsischen Märchenwald zu schützen, werden wieder hochgefahren und in Zukunft erheblich zur Versorgungssicherheit mit märchenhafter Hochspannung und elektrisierenden Scherzen beitragen.

Gleichzeitig ist Ihr neues Sinnlos-Märchenbuch Vol. 4 ein nimmer versiegender Quell des tiefgründigen, also quasi bodenlosen Qualitätsjournalismus.

Unsere investigativen Märchenreporter setzen alles daran, Ihnen die Märchen zu erzählen, die Sie schon immer hören wollten.

Nur hier lesen Sie die wirklich wahre Wahrheit über den sagenhaften Riesen von Riesa und den gar nicht mal so furchterregenden, feuerspeienden Drachen aus der Drachenhöhle in Syrau-Herzegowina!

Erfahren Sie alles über die sagenhafte Geschwindigkeit der Siebenmeilensneakers, das Ungeheuer von Loch Niesky, das singende, klingende Duftbäumchen und vieles mehr!

Und nun viel Spaß mit Ihrer druckfrischen Bildungslektüre!

Ihre Gebrüder

Wilhelm & *Jacob Grimm*

Vorstandsvorsitzende
der Gebrüder Grimm Märchenholding AG
und geschäftsführende Gesellschafter
der Märchenmatrix-BetriebsGmbH

Das singende, klingende Duftbäumchen

*E*s war einmal im sächsischen Märchenwald, da lebte die Prinzessin Schlawinia die Schlechtgelaunte im prächtigen, waschbetonverzierten Plattenbaupalast ihres Vaters, dem König Pedro Pappenschwert.

Und der König sprach gereizt: »Ja. Ich heeße wirklich so. Na und? Könn' mor jetzt bitte weiterormachen? Ich muss nämlich meine Tochter unter die Haube bringen! Wenn ich die jetzt nich' schnell meistbietend verheirate, wird' ich die ja gar nich' mehr los.«

Sein Töchterlein war so unglaublich schön, wie eine Taschengelderhöhung trotz schlechter Noten, und so lieblich wie eine Blaualgenblüte im Waldbad Klotzsche. Alle Prinzen des Märchenwaldes leckten sich ihre zehn Finger nach ihr, und wenn sie gekonnt hätten, noch mehr.

Die Prinzen, die auf Märchenwald-Tinder ein Match mit der unerträglich lieblichen Prinzessin hatten, durften vor sie treten und ihr ein Brautgeschenk machen.

Doch so wertvoll die Geschenke auch waren, die hochmütige Königstochter kanzelte sie alle mit harschen Worten ab: »Was? Du bringst mir 48 goldene ChickenMcNuggets, aber nur drei Soßen? Soll ich die panierten Bremsklötze trocken runterwürgen, oder was? Abflug, Du Flachzange!«

Und sie setzte dem armen Freier die Pappschachtel samt des fettigen Inhalts als Hut auf.

Einen anderen herrschte sie an: »Was soll ich denn mit 'nem feurigen Araber-Rennpferd von unschätzbarem Wert, Du Vochel? Ich weiß ja nich' mal, ob das Benzin oder Diesel säuft! Bring's in die Küche, dann gibt's heut Frikadellen!«

Ein anderer hatte gar ein kostbares, frühes Selbstportrait des berühmten niederländischen Malers Vincent Van Gogh mitgebracht, doch die Prinzessin sagte nur: »Der hat ja zwee Ohr'n! Ganz billige Fälschung!« und ließ den verdatterten Prinzen samt unbezahlbarem Kunstwerk in den Burggraben werfen.

Dann kam einer an die Reihe, das war der schöne Jüngling Marko Magerhals, der war der Sohn des Rabattmarkensammelkönigs von Borna-Herzegowina. Als die Prinzessin vor ihn hintrat, da sah sie, dass er mit leeren Händen gekommen war. Und sie sprach zu ihm: »Was kommst'n Du zum Rendevouz wie 'n Frisör?! Ich bin viellei' ma 'n Sechser, ach was sag ich, 'n Siebener im Lotto und Du hast Dir nich' ma' die Mühe gemacht, mir wenigstens in dor städtischen Grünanlage 'n paar Blümchen ze pflücken?«

»Halt ein mit Deiner geschwätzigen Rede!«, sprach da der Marko Magerhals keck. »Denn ich bin genau der romantische Träumer, auf den Du schon immer gewartet hast!«

»Vergiss es, Du Spacko! Romantische Träumer sind voll Achtziger! Wo is 'n das romantisch, wemmor ohne Geschenk bei nor potentiellen Ische offtaucht, Du Hippie! Wo gibt's 'n sowas … sind ja ganz neue Sitten …«

»Ich kann alles erklären!«, fuhr der Marko unbeirrt fort. »Ich liebe Dich doch so sehr, ich will Dir nur das schenken, was Du Dir am meisten wünschst! Deshalb sage mir Deinen größten Wunsch und ich erfülle ihn Dir!«

»Oh, ja!«, sprach Schlawinia die Schlechtgelaunte dankbar. »Ich hab 'n Wunsch: Hau ab!«

»So geht das aber nich'!«, mischte sich König Pedro Pappenschwert ein, der gerade im Poncho auf seinem Throne lümmelnd eine Schüssel dicke Bohnen mit Speck aß. »Du kannst nich einfach jeden achtkantig raushauen. Sage Deinen Wunsch, und wenn der Gringo ihn erfüllen kann, nimmst 'n.«

»Aber Papi!«, rief Prinzessin Schlawinia entsetzt. Doch König Pedro duldete keine Widerrede: »Papperlapapp! Für mich is' ooch die sechste Stunde! Wenn wir so weitermachen, hocken wir morgen noch hier. Das sind hier Grimms Märchen und nich' die unendliche Geschichte. Also hopp, hopp, hopp!«

Da seufzte die Prinzessin und sprach: »Also gut. Dann will ich das singende, klingende Duftbäumchen!«

Alle Anwesenden blickten ratlos und zuckten mit den Schultern.

Marko Magerhals sammelte sich kurz, dann fragte er: »Das WAS?« Und er machte mit der Zeigefingerspitze kleine kreisförmige Bewegungen neben seiner Schläfe, um anzudeuten, dass er im Kopfe der Prinzessin ein randalierendes Vögelein vermutete.

»Du hast mich schon richtig verstanden, Du Dumpfbacke. Das singende klingende Duftbäumchen! Das brauch ich, weil unser goldener Familienskoda total nach den dicken Bohnen riecht, die mein Vater den ganzen Tag futtert. Beim letzten Familienausflug bin ich auf ’m Dachgepäckträger mitgefahr’n. Aber im Winter ist das ja ooch keene Lösung«, sagte die Prinzessin.

»Scheiß drauf! Du sollst Dein singendes, klingendes Duftbäumchen haben!«, rief der Marko, machte vor Freude einen Luftsprung wie ein untalentierter Elektriker an der Hauptsicherung und wanderte in die weite Welt, das Bäumchen zu suchen.

Doch wen er auch fragte, außer einigen allgemeinen Warnungen vor dem Märchenwaldsterben kam nichts dabei heraus. Schließlich kam er an einen finsteren Wald, der war so undurchdringlich und wirr wie eine Coronaschutzverordnung und so dicht wie ein Kosmetikstudio im Lockdown. Und je weiter er ging, umso finsterer wurde es. Dann kam er an eine Tankstelle mit einem großen Schild. Darauf stand: »Letzte Tankstelle vor dem Ende der Märchenweltscheibe!«

In der Tankstelle aber saß ein böser Zwerg namens Grützelbart mit krummer Nase und einer albernen Zipfelmütze. Auf den ging der Mirko zu und fragte ihn sogleich: »Haben Sie ein singendes, klingendes Duftbäumchen?«

»Duftbäumchen hab’ ich«, sagte der Zwerg Grützelbart mürrisch. »Ham Sie getankt?«

»Nää!«, sprach der Marko.

»Das hätt’ mich ooch gewundert …«, fuhr der Zwerg fort. »Wemmor in die Richtung weiterfährt, fällt mor nämlich in zweehundert Metern von der Märchenweltscheibe. Da lohnt sich tanken ni' so rischdsch! Eigentlich leb ich hier ja nur vom Duftbäumchenverkauf!«

Da freute sich der Marko. »Dann nehm ich eins! Und zwar ein singendes, klingendes!«, rief er entzückt.

»Singend … klingend?«, fragte der Zwerg. »Das habsch ne. Ich hab' nur Rhabarberduft, Schinken-Vanille, Limburger-Latschenkiefer und Gorgonzola-Ingwer! Und die singen nicht, die schwingen bloß. Und zwar am Rückspiegel.« Und nach einer Pause fügte er hinzu: »Und die klingen ooch nich', die stinken halt einfach.«

»Gut!«, sprach der Marko »Dann nehme ich ein schwingendes, stinkendes Duftbäumchen! Das wird schon das Richtige sein für meine Prinzessin!«

»Du sollst das Bäumchen haben!«, sagte der böse Zauberzwerg listig. »Doch wisse: Wenn die Prinzessin Dich nicht liebt, dann wird das Bäumchen nicht schwingen und nicht stinken und dann gehörst Du mir und musst mir für immer als Tankwart dienen!«

»Das Risiko geh ich locker ein!«, rief der Marko Magerhals. »Ich bin ein Pfundsknopf sonder Gleichen, mich muss man einfach liebhaben!«

»Die einen sagen so, die andern so«, murmelte der böse Zwerg Grützelbart, gab dem Marko sein Duftbäumchen und ließ ihn ziehen.

Alsbald kam der schöne Marko wieder zum prächtigen Plattenbaupalast des Königs Pedro Pappenschwert und setzte sich gemeinsam mit der Prinzessin in den goldenen Familienskoda, dessen Scheiben vom Bohnenduft des Königs schon leicht gelb und von innen beschlagen waren. Sogleich hängte er das Duftbäumchen an den Rückspiegel, doch weil das Herz der Prinzessin so kalt war wie der Finger eines Proktologen bei der großen Hafenrundfahrt, da wollte das Bäumchen nicht schwingen und nicht stinken.

Als sie eine Weile gesessen hatten und sich nichts rührte, sagte die Prinzessin mit lieblicher Stimme: »Or! Du bist ja die totale Zeitverschwendung, Marko Magerhals. Du bist voll lost.«

Der Marko Magerhals aber hatte nun endgültig die Faxen dicke ob der kaltherzigen Attitüde und blaffte die Prinzessin an: »Lieber tausend Jahre Tankwart für 'nen bösen Zauberzwerg, als e' Leben lang mit so 'nem Schrappnell wie Dir verheiratet! Ich tacker mir lieber 'n Mörtelmischer ans Been, bevor ich mir so 'ne Trulla lebenslänglich an die Backe quatschen lasse! Schluß! Aus! Feierabend!«

Prinzessin Schlawinia blieb verdattert zurück. Gerade hatte sie nämlich angefangen, den Marko doch ein kleines bisschen zu mögen.

Doch nun stapfte dieser, trotzig grummelnd, mit seinem Duftbäumchen der Geschmacksrichtung Limburger-Latschenkiefer in den malerischen Sonnenuntergang.

Da ward die Prinzessin höchst unglücklich, und weil sie vor dem König Pedro Pappenschwert, der, wie die meisten Leute sagten, ihr Vater war, nicht zugeben wollte, dass Ihr Herz sich heimlich nach dem Marko Magerhals verzehrte, so sprach sie: »Ich will das schwingende, stinkende Duftbäumchen wiederhaben!«

König Pedro Pappenschwert sattelte seinen feurigen Esel Paco, setzte seinen rostfreien, kugelsicheren Sombrero auf, verabschiedete sich von seinem treuen Mops Hektor und ritt los, das Duftbäumchen zu suchen.

Alsbald kam er an die Tankstelle des bösen Zwerges Grützelbart. Dort wurde er sogleich vom verwunschenen Tankwart Marko Magerhals empfangen, der den Esel diensteifrig mit Mohrrüben volltankte.

Als der König nach langem Suchen den bösen, aber sehr kleinen Zwerg Grützelbart hinter einer Feuerzeugpyramide am Verkaufstresen fand, sprach er zu ihm: »Lieber, böser Zwerg! Gebt mir das schwingende, stinkende Duftbäumchen! Ich will's Euch reich entlohnen! Ich gebe Euch Kisten voll wertvollem Plunder und kostbarem Gelumpe und meine Sanifair-Gutscheinsammlung!«

Doch der böse Zwerg lachte nur und sprach: »Das Bäumchen sollst Du haben, Du Trottel! Doch ich will dafür das erste Lebewesen, dass Dir in Deinem Palast begegnet, wenn Du heeme kommst!«

»So sei es!«, rief der König, und dachte listig, sein treuer Mops Hektor werde wie immer als erster zu seiner Begrüßung die Palasttreppe herunterpurzeln. Und so nahm er das Duftbäumchen, stellte den Gashebel seines Rennesels Paco auf »volle Möhre« und ritt nach Hause.

Auf der Palasttreppe rief er »Ich bin wieder da!« und wartete auf seinen getreuen Mops Hektor. Doch der Mops war indessen in die Küche geschlichen und hatte dem Koch ein Ei gestohlen – und nun war er mit dem unter Bluthochdruck leidenden, kochlöffelschwingenden Koch in eine Verfolgungsjagd rund um den Küchentisch verwickelt.

Nun kam aber die schöne Königstochter Schlawinia in ihren goldenen Holzpantoffeln die Treppe heruntergeklappert. Und eh sich's der König Pedro Pappenschwert versah, da lag sie in seinen Armen.

Und der König sprach: »Ja, Karamba! Das is' jetzt aber blöd geloofen!«

Sogleich kam der böse Zwerg Grützelbart in einer großen Staubwolke auf dem Marko Magerhals angeritten, sprang aus dem Sattel und ergriff die Königstochter, um sie in sein finsteres Reich zu entführen.

Doch da hörte man plötzlich einen Mundharmonikaspieler an der Straßenecke das Lied vom Tod spielen. Ein entwurzelter Busch rollte vorbei und die Kirchturmuhr schlug zwölf Uhr mittags.

»Nicht so schnell, Old Grützelbart …«, sagte der König Pedro, der der Urenkel des berüchtigten mexikanischen Revolverhelden Speedy Gonzales war.

Seine von der sächsischen Präriesonne gegerbten Augen verengten sich zu gefährlichen Schlitzen.

Der Zwerg Grützelbart bleib wie angewurzelt stehen und fixierte ihn mit dem eiskalten Blick seiner stechend blauen Augen. Betont lässig spuckte er seinen ohnehin längst erkalteten Zigarillo auf die staubige Dorfstraße. Dann warf er mit einem Schwung seinen Umhang über die rechte Schulter, so dass sein silberner Colt Kaliber 45 in der Sonne funkelte.

Langsam kam auch Bewegung in den Poncho von König Pedro. Und ehe sich's der böse Zwerg Grützelbart versah, blickte er in die Mündung einer großkalibrigen Schrotflinte.

»Ich sehe, Du willst verhandeln. Aber Deal is' Deal«, sagte der Zwerg, ohne auch nur mit der Wimper zu zucken.

»Zeit für 'ne doppelte Impfung, Gringo!« sagte Pedro und spannte knackend die beiden Hähne seiner Schrotflinte.

So standen sich der Zwerg und der König regungslos lauernd eine ganze Zeit gegenüber, während sich der Mundharmonikaspieler an der Straßenecke in immer dramatischere Akkorde hineinsteigerte, bis er blau anlief und umfiel wie ein Brett. Da wurde es so still auf der Dorfstraße, dass man eine Mistgabel hätte fallen hören können.

Da kam auf einmal der Marko Magerhals, der von alldem nichts mitbekommen hatte, geräuschvoll Kaugummi kauend durch die quietschende Schwingtür des benachbarten Saloons. Er blies eine große Kaugummiblase und ließ sie mit lautem Knall platzen.

Der Zwerg Old Grützelbart dachte bei dem Knalle nicht weniger, als dass die Schießerei nun losgegangen sei, doch bevor er seinen Colt ziehen konnte, hatte König Pedro auch schon abgedrückt. Der böse, mächtige Zwerg Grützelbart wankte und schwankte, er ächzte und krächzte, er knöchelte und röchelte, er baumelte und taumelte und ging erst nach einer gefühlten Ewigkeit dramatisch zu Boden, sodass alle seinen Auftritt ziemlich übertrieben und peinlich fanden.

Dann stellten Sie fest, dass dem bösen Zwerg kein Haar gekrümmt worden war, weil die Schrotladung lediglich einen faustgroßen Tunnel in seine alberne Zipfelmütze gerissen hatte.

Da heulte der böse Zwerg Grützelbart, rannte davon und rief: »Das sag ich den Gebrüdern Grimm! Das sag ich den Gebrüdern Grimm!«

Und er ward nimmermehr gesehen.

Der Marko aber nahm die Schlawinia mit in den Familienskoda und hängte das schwingende, stinkende Duftbäumchen auf. Und weil die beiden alsbald auf der Rückbank den Freuden der Liebe frönten und der goldene Skoda ausgeleierte Stoßdämpfer hatte, so versetzte Ihre Liebe das Bäumchen am Rückspiegel in Schwingung – ganz so, wie es ihnen verheißen war.

Und weil das Bäumchen so herrlich nach Latschenkiefer duftete, roch es in der königlichen Karosse nun nicht mehr nach dicken Bohnen, sondern nach dicken Bohnen plus Latschenkiefer.

Väterchen Bofrost

*E*s war einmal, in alten Zeiten, als die Grenze des sächsischen Märchenwaldes noch östlich von Wladiwostok-Herzegowina verlief, da lebte auf der sächsischen Halbinsel Krim-Herzegowina die wunderschöne, viereckige Valensina Reisekowa.

Das Mädchen war so hübsch und zierlich, wie frisch aus einem sibirischen Ballett-Straflager entlaufen, doch hatte sie eine böse Stiefmutter, die war stets so garstig zu ihr, wie ein Hustenanfall in einem überfüllten Aufzug. Ständig musste das arme Kind niedere Arbeit tun. Sie musste dreimal täglich die Pelmeni-Stanze reinigen, und in einem Holzfass mit ihren nackten Füßen die rohen Kartoffeln für den Kartoffelwodka stampfen.

Ihr Vater war ein guter Mann, doch war er nie zu Hause, denn er fuhr als Schlafwagenschaffner mit der transsilvanischen Eisenbahn durch alle Märchenlande. Die Stiefschwester der Valensina Reisekowa war die überschminkte und mit wertvollem Plunder und Gelumpe behangene Polka Kosmetikowa.

Zu ihrer plumpen Tochter Polka aber war die böse Stiefmutter liebevoll und gut – und hütete sie wie ein Dioxin-Huhn ihr einziges Küken.

Die Stiefmutter sprach zur Polka: »Wird Zeit, dass Dich ma' eener heiratet, bevor De heeme ranzig wirst!

Ich hab' Dich bei ebay Kleinanzeigen für Selbstabholer reingestellt, heut Nachmittag um fuffzehn Uhr kommt der erschte Interessent! Und eens noch: Lasse mich reden! Du hältst Deine Gusche, damit der nich' merkt, wie bleede Du bist!«

»Danke für Deine lieben Worte, Mutti!«, sprach die Polka. »So werd' ich's halten.«

Kaum hatte die Zwiebelturmuhr an der unorthodoxen Kirche fünfzehn mal geschlagen, da stand auch schon ein festlich geschmückter Jüngling vor der Türe. Und die böse Stiefmutter Balalaika Kosmetikowa öffnete die Tür und sprach: »Ei vorbibbsch! Ich hab' doch gar keen Weihnachtsbaum bestellt!«

»Mitnichten, garstiges Weib, ich bin doch kee Weihnachtsbaum! Bei uns im Erzgebirge rennen alle so rum! Ich bin nämlich der erzgebirgische Schnittbogenschwipser … äh … Schwippbogenschnitzer Karl-Eduard von Schnitzel. Und Sie ham 'ne scheckheftgepflegte Tochter, neuwertig, mit leichten Gebrauchsspuren umständehalber abzugehm? So stand's jedenfalls im worldwide Märchenwaldweb.«

»Ei, freilich!«, rief da die Balalaika Kosmetikowa, und schob ihre Tochter Polka durch die Türe »Da isse! Totales Schnäppchen!«

Doch der Karl Eduard von Schnitzel sprach: »Was sollschn mit der? Die hat doch Rost an allen tragenden Teilen! Ich will die da hinten, die gerade im Holzfass die Wodkakartoffeln stampft!«

»Waaaas?«, rief die alte Balalaika empört. »Du nimmst gefälligst, wasde kriegst! Aber von mir aus: Du kriegst noch e' Leberwurstbrötchen dazu, das muss ooch schnell weg. Also was sachste?«

Doch das tätowierte Herz auf der linken Schulter des Karl-Eduard von Schnitzel stand bereits in Liebe zur wodkakartoffelstampfenden Valensina Reisekowa lichterloh in Flammen wie ein Hintern nach einem mexikanischen Chili-Eintopf. Und er sprach: »Nää! Da kost' ja die Entsorgung mehr, als die noch Zeitwert hat! Ich will die Valensina!«

Da schlug die garstige Stiefelmutter Balalaika Kosmetikowa dem verliebten Karl-Eduard von Schnitzel die Tür vor der Nase zu. Und weil er eine sehr große und hervorstehende Nase hatte, da sprach er: »Aua!«

Und so, liebe Kinder, machte er sich wieder auf ins Erzgebirge, um weiter eifrig Schnittbögen aus erzsibirischem Pappelsperrholz zu schwipsen. Und wenn er manchmal abends ein wenig traurig war, dann seufzte er viel Bier.

Es kamen noch einige Interessenten, der Prinz von Bel Air, der Kaiser von der Hamburg Mannheimer und ein Prinz namens Rolf, den alle nur den Prinzenrolle nannten. Doch sie alle wollten von der ollen Polka nichts wissen, sondern hatten nur Augen für die wunderschöne, viereckige Valensina Reisekowa.

Da wurde die garstige Stiefmutter noch ungehaltener, als ein tasmanischer Teufel beim Krallenschneiden mit der Bastelschere, und sie sprach zu ihrer Stieftochter Valensina: »Mach ma' bitte 'ne Rumpfbeuge vorwärts!«

Die Valensina tat, wie ihr geheißen, da traf sie auch schon ein Tritt, der sich anfühlte wie der Kuss einer entgleisten Dampflokomotive.

Die arme Valensina flog in hohem Bogen über den sächsischen Märchenwald und grüßte im Vorbeifliegen freundlich die sieben schwer erziehbaren Zwerge, den Wolf, aus dem gerade noch ein Bein vom Rotkäppchen herausschaute, und die Knusperhexe, die gerade das Hänsel süß-sauer marinierte. Dann schlug sie auf einem Feld ein wie eine Sojus-Kapsel in der kasachischen Steppe und blieb ungespitzt kopfüber im Boden stecken.

Doch der liebe Steve Jobs im Himmel hatte Mitleid mit dem armen Mädchen! Also hackte er die Navi von Väterchen Bofrost und lenkte sein Tiefkühlmobil zur immer noch rauchenden, viereckigen Einschlagstelle der Valensina Reisekowa. Als Väterchen Bofrost die beiden zappelnden Beine aus dem Krater ragen sah, da dachte er insgeheim bei sich: »Oh, zwei schöne Eisbeene! Die kann ich auf'm Heimweg noch verkoofen!«

Doch als er daran zog, kam die Valensina zum Vorschein, die in der russischen Kälte zitterte und mit dem Zahnersatz klapperte.

»Dadadadadadaaadanke … mir is ffffffffiellei ma kkkkkkkkalt …«

»Kee Wundor, mei' Mädel!«, sprach das gute Väterchen Bofrost und seine Worte fielen im selben Augenblick als Eiswürfel zu Boden – so kalt war es!

»Wir ham hier gut un' gerne minus sechzig Grad

im Schatten! Komme schnell in mei' Kühlauto! Da hat's immer exakt minus achtzehn Grad, da kannste Dich bissel offwärmen!«

Das war die Rettung für die Valensina, liebe Kinder, denn sonst wäre sie an Ort und Stelle jämmerlich erfroren. Die minus achtzehn Grad im Kühllaster von Väterchen Bofrost waren dagegen eine Temperatur, die unter echten Russen gemeinhin als T-Shirt-Wetter und zwingender Grund zum Angrillen gilt.

Der gute Eismann ließ die Valensina in seinem Eispalast wohnen, und wenn sie sich schlaftrunken im dunklen Flur den kleinen Zeh an dem Klavier aus Eis rammelte, so hatte sie so viele Päckchen Tiefkühlerbsen, wie sie wollte, um die Prellung zu kühlen.

Als der Alte eines Tages aufbrach, um schockgefrostetes Nasi-Goreng und ein paar Märchenwälder Kirschtorten auszuliefern, sprach er zu ihr feierlich: »Das eene sag ich Dir, mei' Frollein! Finger weg von mein' Klemmbrett! Denn alles was mei' Klemmbrett berührt, wird oochenblicklich zu Tiefkühlkost! Und wenn Du nich' als tiefgefrorene polnische Hafermastgans Güteklasse 2 in Originalverpackung enden willst, lässt Du besser Deine krummen Kackpratzen von mein' Klemmbrett! Krichste das nei, in Dei' Tiefkühlerbsengehirn?«

»Das kann ich mir ni' alles off een ma' merken!«, sprach die Valensina und winkte dem Väterchen Frost liebevoll zum Abschied. »Wird schon schief geh'n!«

Der Schnittbogenschwippser Karl-Eduard von Schnitzel hatte sein Schnittbogenschwippsmesser indessen an den Nagel gehängt und war kreuz und quer durch den Märchenwald gewandert, um seine Valensina Reisekowa zu suchen.

Da kam er an ein merkwürdiges Häuschen, das stand auf einem großen schwarzen Krähenfuß mit glänzenden Krallen. Das aber war das Haus der geschwätzigen Hexe Blablajaga, die schon so manchem Märchenwaldbewohner ein Ohr abgekaut hatte.

Der panierte Jüngling Karl-Eduard von Schnitzel rief: »Hallo! Is' da wer?«

Da fing das Haus an, auf dem Krähenbein zu hüpfen und sich zu ihm umzudrehen.

»Das is' ja lustig!«, dachte er, rannte einmal um das Haus herum und rief wieder: »Halloo! Jemand ze Hause?«

Da begann das Haus wieder auf dem Vogelbein zu springen und sich zu drehen. Der Karl-Eduard konnte gar nicht genug von dem hüpfenden Hexenhäuschen bekommen und so rief er immer wieder vergnügt »Halloo! Halloooo!« und rannte rings herum, bis sich das Häuschen schließlich in wilden Pirouetten um die eigene Achse drehte.

Nach einiger Zeit erschien die Hexe Blablajaga mit grünem Gesicht am Fenster, beugte sich heraus und sprach: »Hualp!«

Und nach einer Pause: »Kannst Du ma' offhörn, Du Spacko?!«

»Sie wer'n entschuldschen, grüne Frau! Ich suche die Valensina Reisekowa!«

»Keene Ahnung!«, sprach die Hexe und zuckte so vehement mit den Schultern, dass die schwarze Katze auf ihrem Buckel miauend in die Vitrine flog. »Wie sieht'n die aus, die Valensina?«

Da besann sich der Karl-Eduard und präsentierte ihr seinen Rollkoffer, in dem er seine Herrenuntertrikotagen mit sich führte. »Ungefähr so. Von der Form her. Die Rollen müssen Se sich natürlich wegdenken!«

Da fiel es der Hexe Blablajaga wie Schuppen aus den Haaren und sie sprach: »Na klar kenn ich die! Die kleene Vierecksche! Sach's doch glei'! Die wohnt bei meinem alten Kumpel, Väterchen Bofrost! Aber jetze kommste erschtema off 'n Tässchen Krötensud mit Spinnebein rein und mir plaudern e' bissel!«

Sogleich nahm sie den Karl-Eduard von Schnitzel in den Schwippskasten und schleppte ihn in ihr mit Spitzendeckchen überladenes Wohnzimmer. Dort klemmte sie ihn zwischen zwei große schwere Sofakissen und servierte, unablässig schwatzend, Heißgetränke, in denen auch gelegentlich mal ein Krötenauge schwamm.

Bald schon blutete der Karl-Eduard aus den Ohren, weil er sich bereits die siebzehnte Klatschgeschichte aus dem Königshaus von König Klabuster dem Bärenstarken anhören musste.

Und hätte er die Alte nicht nach dem dritten Kröteneierlikör in die Heißluftfritteuse geschubst, so hätte ihn die geschwätzige Hexe Blablajaga sicher totgequatscht, und es wäre ihm ergangen wie den vielen Jünglingen vor ihm! Deren abgefallene Ohren

bewahrte die Hexe als Trophäe in einem großen Ein-
machglas auf dem Kaminsims auf.

Im Hopserlauf machte sich Karl Eduard nun auf den
Weg zum Zentrallager von Väterchen Bofrost. Dort
fand er seine Geliebte schlafend, und weil er ein ro-
mantischer Trottel war, holte er einen Weizenhalm,
um die schöne Valensina wach zu kitzeln.

Doch wie er so mit dem Halm ihr viereckiges Näs-
lein kitzelte, da dachte die Valensina nicht weniger,
als dass eine grün glänzende Scheißhausfliege auf
ihrem zarten Zinken säße. Und weil sie sich nicht anders zu helfen wusste, griff sie nach dem erstbesten
Gegenstand auf dem Nachttisch, um der Fliege den
Garaus zu machen ...

Oh weh, liebe Kinder! Auf dem Nachtschrank lag
das Klemmbrett von Väterchen Bofrost!

Und kaum hatte sie es sich selbst an die Rübe ge-
donnert, da verwandelte sie sich augenblicklich in
eine tiefgefrorene, polnische Hafermastgans Gütelas-
se 2 in Originalverpackung.

»Mann, mann, mann, das is' jetzt aber blöd geloofen!«, sprach der Karl-Eduard, doch weil er die Valensina so lieb hatte, nahm er die polnische Hafermastgans mit, kaufte ihr ein Brautkleid und bat den
Pfarrer ihn mit ihr zu vermählen.

Und der Pfarrer nahm einen großen Schluck aus
der Messweinpulle und sprach: »Karl Eduard von
Schnitzel, möchtest Du die hier anwesende tiefgefrorene, polnische Hafermastgans, Güteklasse 2 in Originalverpackung zur Frau nehmen, sie ewig lieben,

mit ihr gute Zeiten schlechte Zeiten guggen, bis dass das Mindesthaltbarkeitsdatum Euch scheidet?«

Da erwiderte der Karl Eduard von Schnitzel mit fester Stimme: »Nu glor. Sonst wärsch ja wo' kaum hier!«

Der Pfarrer räusperte sich sehr umständlich, und sagte weihevoll: „Na gut. Von mir aus.»

Dann exte er die Messweinflasche und fiel krachend ins Chorgestühl.

Die schöne Valensina und der Karl-Eduard von Schnitzel schritten die Zwiebelkirchentreppe hinab und ihr Trauzeuge, Väterchen Bofrost, bewarf das Hochzeitspaar mit tiefgekühlter Reispfanne süß-sauer.

Und auch wenn die Hochzeitsnacht noch etwas unterkühlt von statten ging, war doch die Liebe des Karl-Eduard von Schnitzel so heiß und innig, dass seine Panade vor Aufregung ganz knusprig wurde und die Valensina Reisekowa dank seiner Herzenswärme bald wieder auftaute.

Und so lebten sie glücklich und zufrieden und das gute Väterchen Bofrost besuchte sie einmal in der Woche und schwatzte ihnen mehr Tiefkühlkost auf, als sie ihr Lebtag essen konnten.

Einer flog
über den Märchenwald

Es war einmal, liebe Kinder, vor gar nicht allzu langer Zeit, da ächzten die Bewohner des Märchenwaldes unter der ausbeuterischen Knute der allmächtigen Gebrüder Grimm.

Von Jahr zu Jahr stiegen die Besucherzahlen des sächsischen Märchenwalds und die Märchenmitarbeiter hatten ihre liebe Not, ihre Geschichten oft genug vorzuspielen, bis alle sie gesehen hatten.

Während sich bei den Gebrüdern Grimm durch die Eintrittsgelder die Kisten und Säcke mit wertvollem Plunder und Gelumpe füllten, so bekamen die Märchendarsteller nur einen feuchten Hundedreck … äh … Händedruck und Überstunden durften sie auch nur abfeiern, wenn sie währenddessen arbeiteten.

Viele Märchenfiguren waren auch unzufrieden mit den überlieferten Drehbüchern, die schon seit gefühlt tausend Jahren die immer gleichen brutalen, sinnlosen und vollkommen moralfreien Märchen erzählten.

Da ging ein Murren und Knurren durch die Zwerge und Feen, die Riesen und die Trolle, die Gnome und die Elfen, die Wichtel und Kobolde, die Hexen und die Zauberer und durch all die wilden Bestien, Monster und Menschenfresser, die Grimms Märchen so abwechslungsreich und kinderfreundlich machen.

Die sieben schwer erziehbaren Zwerge sprachen: »Wo gibt's 'n sowas, dass sieben Männer mit eenor Frau zesammenwohnen? Da is' 'ne Woche rum, bis jeder mal dran war! Wir woll'n jeder unsere eigene Freundin!«

Und der Zwerg Zwenni setzte hinzu: »Und den blöden Glassarg schleppen mir ooch nich' mehr durch die Kante wie die Bekloppten!«

»Na ähmd!«, pflichtete der Dschens bei. »Wenn mir das Schneewittchen in Klarsichtfolie wickeln, isse viel leichter! Mir müssen ooch ma' mit der Zeit gehn!«

Die Hexe murrte auch und sprach: »Jedes ma' endet das für mich im Holzkohleofen! Habt Ihr 'ne Ahnung, wieviel Holz ich dafür hacken muss mit meinen hundortneunzisch Jahren? Drei ma' hamse meinen Antrag auf 'ne Heißluftfritteuse abgelehnt! Drei ma'! Und Kinder will ich ooch nich' mehr fressen. Mit dem Hänsel hab' ich mich über die Jahre angefreundet! Ich hab' überhaupt kein Hunger mehr auf den!«

Die Vorsitzende des Dachverbands böser, sächsischer Stiefmütter, Ingrid Überbein, kündigte einen Streik ihrer Verbandsmitglieder an: »Also, wenn sich hier nich' ma' grundlegend was ändert, setzen mir bis off weiteres keene Kinder mehr zum Verhungern im Wald aus! Macht Euern Dreck doch alleene. Außerdem ham mir keen Bock, dass mir immer die moralische Arschkarte kriegen! Mir woll'n ooch ma' die Guten sein!«

Und so ging es vielen Märchenfiguren, und an allen Ecken und Enden blieben die Darsteller aus

Protest ihren Märchen fern und die Touristen machten lange Gesichter.

Als die Gebrüder Grimm am nächsten Morgen ihren Briefkasten öffneten, wurden sie von einer solchen Lawine von Beschwerdebriefen verschüttet, dass sie einige Zeit brauchten, sich gegenseitig auszugraben.

»So geht das nich' weiter!«, sprach Wilhelm Grimm empört. »Die müssen scheinbar alle mal auf Linie gebracht wer'n!«

»Genau!«, stimmte sein Bruder Jakob Grimm ihm zu. »Am besten wir verpassen denen 'n Antiaggressionstraining auf der Märchenklapsmühleninsel Alcatraz-Herzegowina!«

Und so setzte sich Jakob Grimm an den Hauptrechner der Märchenmatrix und begann wie wild auf seiner Tastatur herumzuhacken.

Als er schließlich auf den »Enter«-Button drückte, da wurden die fraglichen Märchenwaldbewohner an Ort und Stelle durchsichtig und verschwanden – und sie materialisierten sich erst wieder im Aufenthaltsraum der Märchenwaldklapsmühle Alcatraz-Herzegowina.

Denn wenn Chefingenieur Scotty vom Raumschiff USS Enterprise jemanden irgendwo hinbeamen kann, liebe Kinder, dann können die Gebrüder Grimm das schon lange!

Die Märchenwaldklapsmühle lag mitten im Chemnitzer Schloßteich, auf der berüchtigten Insel Alcatraz-Herzegowina.

Dort aber herrschte die böse Oberschwester Rotkreuzkäppchen mit eiserner Faust! Und das böse Rotkreuzkäppchen sprach: »Damit das hier ma' klar is'! Wenn ihr nich' folgt, dann geht ihr heut ahmd ohne Einlauf ins Bett! Keine weitere Diskussion!«

Sogleich flößte sie den Neuaufnahmen große Mengen des Medikaments »Schnarcholin forte« ein und gab jedem eine Spritze mit »Matschbirnozepam«.

Dann mussten sich alle Insassen in Endlosschleife MDR-Märchenfilme ansehen, in denen die Figuren genau das machten, was die Gebrüder Grimm von ihnen wollten.

Den Patienten gefiel das jetzt trotzdem, denn nach einer Spritze mit »Matschbirnozepam« hätten sie auch ein Testbild unterhaltsam gefunden. Und so lungerten sie überall schlaff herum, grinsten freundlich die Tapete an und sangen immer wieder: »Heiko, Heiko, der mäht ...«

Da war's die böse Oberschwester Rotkreuzkäppchen zufrieden, und sie schrieb den Gebrüdern Grimm, denen sie in allen ihren Missetaten treu ergeben war, eine Mail:

Hallo Chefs,
Behandlung läuft nach Plan, noch 'ne Woche alte
MDR-Märchenfilme und die Flachzangen sind
wieder voll in der Spur!
Grüße, Rotkreuzkäppchen

Nun trug sich zu, dass es in einer finsteren Gewitternacht plötzlich an der Gittertüre der Märchenwaldklapsmühle auf der Insel Alcatraz-Herzegowina klingelte, als die Blitze zuckten und der Starkregen nur so prasselte.

Als nicht schnell genug geöffnet wurde, flog ein weißes Paket über den Zaun. Das aber war der böse Wolf, der sorgfältig in eine Zwangsjacke gewickelt war.

Das Rotkreuzkäppchen erkannte ihn sogleich und sprach händereibend zu sich: »Ahhhhh, mein alter Feind! Der böse Wolf! Was hammorn angestellt?«

Der böse Wolf zappelte in seiner Zwangsjacke und rief wütend hinter seinem Maulkorbe hervor: »Ich will keene Geißlein mehr fressen! Von Geißlein krieg ich Sodbrennen! Außerdem schmecken denen ihre Hufe wie Huf! Ich will Tomate Mozzarella und Grünkernbratling! Nieder mit den Gebrüdern Grimm! Es lebe die Freiheit!«

»Du hast die Freiheit, Dir 'ne doppelte Dosis ›Schnarcholin forte‹ einzupfeifen, mei' Freund!«, sprach das Rotkreuzkäppchen, stopfte dem Wolf ein ganzes Röhrchen Pillen in den Mund und kitzelte ihn, bis er alle verschluckt hatte. Dann rammte sie ihm eine Pferdespritze mit »Matschbirnozepam« in sein dickes Fell, dass er alsbald angeregte Gespräche mit dem Wasserspender im Aufenthaltsraum führte. Wenig später freundete auch er sich mit der Tapete an und sang verzückt: »Heiko, Heiko, der mäht!«

Bald darauf ging das böse Rotkreuzkäppchen zu Bett, und sie sprach: »Gääähn! Ich bin so müde wie die Ausreden eines Gesundheitsministers! Licht aus im Schlafsaal und Hände off de Bettdecke!«

Doch kaum hörte der Wolf die Oberschwester schnarchen wie eine Motorsäge im Hambacher Märchenforst, da sprang er aus dem Bette und spuckte die vielen, kleinen, weißen Pillen in hohem Bogen aus, wie der Axel Schulz seine Zähne.

Und während das böse Rotkreuzkäppchen den Schlaf der Ungerechten schlief, weckte der liebe, böse Wolf alle Patienten. Er holte sein Handy aus dem Fell und bestellte Pizza und Energydrinks bei seinem Kumpel, dem bösen Lieferandolf. Denn da gab es ab einem Mindestbestellwert von fünfzig Märchentalern einen gratis Kirschkuchen mit darin eingebackener Feile.

Kaum hatte der böse Lieferandolf das Paket mit einer Drohne über die Anstaltsmauern geliefert, da schluckte der liebe, böse Wolf den Kirschkuchen mit einem Haps herunter und spuckte nur die Feile wieder aus. Dann feilte er das schwere, eiserne Schloß am Clubraum der Klinik auf und stand die ganze Nacht als DJ Wolfi an den Plattentellern und brüllte: »Ich will Eure Pfoten seh'n!« Und er scratchte, bis ihm die Krallen weh taten und alle Puhdys-Platten kaputt waren.

»Du bist der Geilste, Wolf!«, rief die Knusperhexe und performte ihren berühmten, scheinbar schwerelosen Buckelwalk auf der Tanzfläche.

»Ejo, Captain Wolf!«, riefen die sieben schwer erziehbaren Zwerge im Chor und tanzten, säuberlich aufgereiht, einen Riverdance.

Und weil sich der Asbach Uralt, den der böse Lieferandolf noch auf die Bestellung draufgelegt hatte, überhaupt nicht mit »Matschbirnozepam« vertrug, wurde es noch ein sehr schöner Abend.

Am nächsten Morgen sah es in der Märchenwaldklapsmühle Alcatraz-Herzegowina fast so schlimm aus wie in Halle an der Saale an einem durchschnittlichen Montagvormittag. Überall lagen die Schnapsleichen kreuz und quer und stöhnten vor Kopfschmerzen, Sodbrennen und wegen der vielen blauen Flecken vom Pogo tanzen.

Als die böse Oberschwester Rotkreuzkäppchen die Bescherung sah, da sprach sie: »So eine Scheiße, mit dor Scheiße! Zweehundort Pols habbe ich balde, dooo!«

Dann schritt sie mit stechendem Blick die Reihen der Patienten ab. Erst beim bösen Wolf blieb sie stehen und sagte: »Na hoi! Ich habbe Dir doch gestern 'ne Allyoucaneat-Portion ›Matschbirnozepam‹ gespritzt … wieso hast'n Du als eenzscher keene glasigen Oogen?«

»Weil Deine blöde Spritzennadel fünf Zentimeter lang is' und mei' Fell is' zehn cm dick! Ich spür jetzt noch den nassen Fleck am Hintern!«, lachte der liebe, böse Wolf.

Da tobte das böse Rotkreuzkäppchen vor Wut wie ein nutzloser Teenager beim »Fortnite«-Spielen. Sogleich drehte sie dem bösen Wolf den Arm auf den Rücken und warf ihn in hohem Bogen in die gefürchtete Gummizelle.

»Da bleibste jetzt vierundzwanzig Stunden drinne und denkst ma' drüber nach, was de falsch gemacht hast! Und danach frisst Du gefälligst wieder Deine Geißlein! Wir wollen doch die Gebrüder Grimm nich' traurig machen, oder?«

Dann setzte sich das Rotkreuzkäppchen vor der Gummizellentüre auf einen der sieben Zwerge und hielt vierundzwanzig Stunden Wache.

Da könnt Ihr Euch vorstellen, liebe Kinder, wie der arme, liebe, böse Wolf in der Gummizelle getobt hat! Und es rumpelte und pumpelte, es wackelte und schnackelte, dass selbst das ruchlose Rotkreuzkäppchen zwischendurch Gewissensbisse bekam, ob sie den Wolf nicht zu hart bestraft hätte.

Als sie nach vierundzwanzig Stunden die schwabbelnde Gummizellentüre öffnete, da traute sie ihren Augen nicht! Da sah sie den Wolf, der zwischen Gummiboden, Gummiwand und Gummidecke im Dreieck sprang wie ein Flummi, und immer wieder jauchzte: »Ich war noch nie in so 'ner geilen, dreidimensionalen Hüpfburg! Kann ich bitte nochma vierundzwanzig Stunden?«

Da erkannte das Rotkreuzkäppchen, dass die Gummizelle für so einen ausgesprochenen Kindskopf wie den lieben, bösen Wolf wohl nicht die richtige Strafe gewesen war.

Doch urplötzlich spürte sie den heißen, keuchenden Atem der grauen Bestie in ihrem Nacken und ihre Beinhaare, die dichter waren als die des Wolfes, stellten sich vor Schauder alle senkrecht. »Das kommt jetzt bissel überraschend …«, sagte sie verdattert.

Mit dem Ruf »Hasta la Vista, Rotkreuzkäppchen!« schubste der Wolf die böse Oberschwester in die Gummizelle und warf die wabbelnde Türe zu.

Alle Insassen applaudierten und jubelten, nur die Knusperhexe war nicht hundertprozentig zufrieden und sagte: »In die Gummizelle? Echt jetzt? Habt Ihr keene Heißluftfritteuse, Ihr Amateure?«

Der Wolf rief: »Mir nach!«, und alle folgten ihm, während er eine vergitterte Tür nach der anderen auffeilte, bis sie schließlich im Freien standen.

Mit großem Hallo kaperten sie eines der Schwanentretboote auf dem Schloßteich und fuhren hinaus zum Angeln. Sie fingen einen Stiefel, ein Klapprad und einen vollkommen bemoosten Einkaufswagen und waren einen ganzen Tag lang sehr glücklich.

Dann setzten sie zum Ufer über, wo die Gebrüder Grimm im Chemnitzer Schloss ein operatives Märchenlagezentrum eingerichtet hatten. Dort rückten sie mit Mistfackeln und brennenden Gabeln vor das Schloss und weil das Matschbirnozepam noch wirkte, riefen sie: »Wir sind das ... äh ... Momentema, wer war'n wir glei' nochma?«

Doch sie konnten unmöglich ins Schloss hineingelangen, weil der Eintritt für Unbefugte verboten war.

Schließlich zeigten sich die Gebrüder Grimm auf einem Balkon und sprachen: »Aber wir lieben Euch doch alle!« und boten den Märchenwaldbwohnern baldige Neuwahlen an.

Da kehrte die Hoffnung zurück in die Herzen und die Menge zerstreute sich.

Die Gebrüder Grimm hielten ihr Wort, und als die beiden geschassten Ex-Präsidenten ein paar Wochen später als Märchenwaldpräsidenten auf Lebenszeit wiedergewählt wurden, da waren eigentlich alle schon wieder mit etwas Anderem beschäftigt und keiner bekam es so richtig mit.

Und so blieb der gute alte, sächsische Märchenwald der gute, alte sächsische Märchenwald. Und wenn er nicht am Märchenwaldsterben gestorben ist, dann bleibt er so für immer!

Das Ungeheuer
von Loch Niesky

*E*s war ein mal im sächsischen Märchenwald, da lebte König Gernot Lederbart der Gelangweilte, dem war in seiner Thronstube so fade zumute, dass er kaum noch eine Belustigung finden konnte.

Manches Mal hatte er seinem sächsischen Märchenvolk aus Jux den Strom abgestellt und sich über ihr hektisches Gewusel amüsiert, wenn ihnen der Rechner im Homeoffice abstürzte und alle Arbeit eines ganzen Tages mit sich nahm.

Ein andermal hatte er alle Ampeln gleichzeitig auf rot und zwei Stunden später alle auf Grün gestellt, und von seinem Balkon aus dem lustigen Hupkonzert gelauscht. Doch nun konnten ihn diese kleinen Freuden seines königlichen Alltags nicht mehr trösten.

Und König Gernot Lederbart der Gelangweilte sprach: »Scheiß die Wand an! Is' mir langweilig! Dass hier ma' eener für königliches Entertainment sorgt is' wahrscheinlich zeviel verlangt! Sinnlos Märchen hab' ich nu schon drei ma' durchgehört, bis auf das Neueste hier, in dem ich selber mitmache! Hiermit verspreche ich mein heißblütiges Töchterlein Influenza Lederbart demjenigen, der das Ungeheuer von Loch Niesky einfängt und in den Zwinger zu Dresden-Herzegowina sperrt, damit ich endlich ma' wieder was ze lachen hab!«

Da kamen die schönsten Prinzen vom gesamten sächsischen Globus herbeigeeilt, um die heißblütige Prinzessin Influenza Lederbart zu freien!

Sie alle warfen sich in ihre schimmernden, mit Edelsteinen, Goldnieten und österreichischen Mautaufklebern verzierten Rüstungen, zückten ihre Schweizer Offiziersmesser und ritten geradewegs zur Talsperre Quitzdorf bei Niesky-Herzegowina, wo das furchterregende Ungeheuer von Loch Niesky in acht Metern Tiefe wohnte. Das Monster war schrecklich anzusehen: Aus seinem feuerspuckenden Haupt züngelten unzählige Schlangen, und hätte das Ungetüm sie nicht mit bunten Lockenwicklern gebändigt, hätte es sicher nichts mehr gesehen. Sechs haarige Riesenbrüste prunkten auf seinem Rücken und die Haut des Ungeheuers war so grün wie Robert Habeck. Sein Bauch war so wabbelig wie ein Schweinskopf in warmem Aspik und sein Feinrippunterhemd voller Bier- und Ketchupflecken.

Als das Monster sich gerade in der unermesslichen Tiefe von acht Metern die Fußkrallen rosa-metallic lackierte und dabei eine schöne Havannazigarre rauchte, klingelte es an der Seeoberfläche.

Mies gelaunt tauchte die furchtbare Kreatur aus dem Wasser auf und sprach: »Uaaaaäh!«

»Entschuldigung!«, sagte der Prinz der mit gezücktem Schweizer Offiziersmesser am Seeufer stand.

»Das habsch ne verstanden! Könnten Sie sich ma' bitte umständehalber umdrehen und zu mir runterbeugen, damit ich Ihnen dieses formschöne Stachelhalsband anlegen kann?«

Doch weiter kam er nicht, denn als sich das Monstrum nach ihm umdrehte, fegte es ihn versehentlich mit seinem schuppigen Kranausleger hinfort.

So ging es vielen Prinzen, und wenn das Ungeheuer sie mit seinen Dinosaurierkräften volley genommen hatte, flogen sie auf einer erdnahen Umlaufbahn lustig um den sächsischen Globus.

Eines Tages stand der leicht poröse Prinz Benno-Maria von Bimsenstein vor König Lederbart dem Gelangweilten und sprach: »Hier! Majestät! Ich hab' bei ebay Märchenanzeigen gelesen, sie hätten umständehalber 'ne heißblütige Tochter an Selbstabholer abzugeben! Ich würde die gerne ma' probefahr'n!«

Fast hätte sich der König Lederbart an dieser Stelle kaputtgelacht, doch weil dann das Märchen schon vorbei gewesen wäre, verkniff er sich sein Grinsen.

»So einfach geht's aber ne, mei' Gudor!«, sprach König Lederbart. »Erschtema bringst Du mir das Ungeheuer von Loch Niesky, dann seh'n mor weidor!«

»Nichts einfacher als das!«, rief der poröse Prinz Benno-Maria von Bimsenstein. Und weil sein treues Pferd Soljanka auf dem Weg zur Burg von den Mücken gefressen worden war, sattelte er kurzerhand die heißblütige Prinzessin Influenza Lederbart und ritt auf ihr gen Niesky während sie freudig wieherte und aus den Flanken dampfte.

Als die beiden am Ufer angekommen waren suchten sie auf dem Klingelschild, die Türklingel des Monsters.

»Hier!«, rief Prinz Benno-Maria von Bimsenstein.

»Das sind so viele Namen! Und ich hab' keene Brille dabei! Kannst Du ma' guggen, ob da irgendwo ›Ungeheuer von Loch Niesky‹ offm Klingelschild steht?«

Und die Prinzessin Influenza Lederbart begann, ihm die Namen vorzulesen: »Also ... Erschter Stock: Karpfen, Karpfen, Karpfen. Zweiter Stock: Karpfen, Plötze, Hecht. Dritter Stock: Forelle, Karpfen, Schrottfahrad, bemooster Einkaufswagen. Vierter Stock: Elektroroller, Elektroroller, Elektro ...«

»Or neje! Ich will ooch bloß heeme! Hopp! Mir klingeln einfach überall! Das bescheuerte Ungeheuer wird schon rauskommen!«

Und so drückten die beiden alle Klingeln am See. Alsbald tauchte ein Periskop auf der Seeobefläche auf, denn das Ungeheuer schaute sicherheitshalber immer erstmal durch den Türspion, weil es schlechte Erfahrungen mit taschenmesserschwingenden Prinzen gemacht hatte, die ihm an die Gurgel wollten.

Als das Ungeheuer von Loch Niesky durch sein Sehrohr die unerträglich liebreizende Prinzessin Influenza Lederbart erspähte, da standen im gleichen Augenblick seine drei Herzen, die all das grüne, dickflüssige Drachenblut durch seine Adern pumpten, vor lauter Liebe lichterloh in Flammen!

Da tauchte das Monster sogleich aus den Fluten auf und sprach: »Uaaaaäh!«

Da fragte Prinz Bimsenstein: »Uaaaaäh? Was soll'n das heeßen?« Und sogleich holte er seinen Langenscheidt Sprachführer »Deutsch – Ungeheurisch« aus der Tasche, um nachzuschlagen, was das Ungeheuer eigentlich meinte.

Das Ungetüm aber schnappte sich kurzerhand die Prinzessin und verschleppte sie in sein feuchtes Reich.

Und die Prinzessin Influenza Lederbart sprach: »Blubbblubbblubbblubb!«

Doch von all dem bekam Prinz Bimsenstein nichts mit, zu vertieft war er in sein Wörterbuch. Nach einiger Zeit rief er: »Ich hab's! Hier steht's doch! ›Uää-äääääh‹ heißt ganz eindeutig: ›Hau ab! Ich will mit Dir nich' über Gott reden und spenden will ich ooch nüscht! Mache, dass de fortkommst, Du Flachfeile!‹«

Und als er seinen Blick wieder vom Nachschlagewerk erhob, da war die Seeoberfläche schon wieder ganz glatt und weit und breit nichts mehr vom schönen Prinzesschen zu sehen.

Da guckte der Prinz wie ein Verbraucher vor dem leeren Klopapierregal und sprach: »So eine Scheiße mit dor Scheiße! Zweehundort Puls habbe ich balde, doooo! Worauf soll ich denn jetzt nach Hause reiten?«

Doch Prinz Benno-Maria von Bimsenstein verzagte nicht, sondern bestellte beim bösen Lieferandolf zwei Kubikmeter Schmelzkäse und sechs Hektoliter Bier. Dann rollte er einen großen Felsen herbei und legte Legosteine davor aus. Auf den Felsen legte er eine Serviette. Davor platzierte er den Käse und das Bier und klingelte erneut beim Ungeheuer von Loch Niesky.

Als das Ungeheuer den Schmelzäse sah, sagte es fröhlich »Uaaaaääh!« und stürzte sich auf den zähflüssigen Leckerbissen. Doch weil der Schmelzkäse gar salzig war, bekam das Monster Durst, schlug den Bierfässern die Fasskrone ein und trank sie in einem Zuge aus. Da könnt Ihr Euch vorstellen, liebe Kinder, wie das gierige Monster dabei gesabbert hat, genauso wie Euer kleines Geschwisterlein beim Spinatessen!

Nach dem Trunke rülpste das Ungeheuer von Loch Niesky wie eine Oktoberfestbedienung nach Feierabend. Nun drehte sich alles im Kopfe des Ungeheuers, und weil es sich von oben bis unten mit Schmelzkäse besabbert hatte, wollte es die Serviette auf dem Felsen benutzen.

Doch gerade, als es mit seinen kurzen Ärmchen danach greifen wollte, da trat das Ungeheuer mit seinen nackten Fußsohlen auf die Legosteine, die der listige Prinz Benno-Maria von Bimsenstein vor den Felsen gelegt hatte. Das Ungeheuer schrie laut auf, hielt sich den schmerzenden Fuß und fiel vornüber hin und bumste mit seiner feuerspeienden Rübe voll gegen den riesigen Stein. Und das Ungeheuer sprach: »Auaaaaaah!« und ward im gleichen Augenblick ohnmächtig.

Prinz Benno-Maria von Bimsenstein befreite seine Prinzessin aus der Herrenhandtasche des Ungeheuers. Er warf das schnarchende Ungetüm quer über den Sattel der Prinzessin Influenza Lederbart, sprang auf und gab ihr die Sporen. Noch bevor es wiedererwachte, brachte Prinz Bimsenstein das schreckliche Monstrum in den Zwinger zu Dresden-Herzegowina.

Und die Prinzessin sprach: »Puh! Das war jetzt aber anstrengend! Kann ich umständehalber bitte ’n Eimer Wasser und ’n Sack Hafer ham?«

Da schrieb der Prinz Benno-Maria von Bimsenstein eine Whatsapp an den königlichen Rittmeister, er möge seine zukünftige Braut nach allen Regeln der Kunst striegeln.

Weil er nun nichts Anderes greifbar hatte, fesselte der Prinz das Ungeheuer von Loch Niesky mit dem Zaumzeug der Prinzessin und trat vor König Gernot Lederbart den Gelangweilten und sprach: »Hier! Herr König! Hier hamse Ihr bescheuertes Ungeheuer. Ich nehm die Prinzessin jetzt mit heeme, Deal is' Deal. Mach's atsche, Apatsche! Und wenn was is', einfach ne anrufen!«

»Nich' so schnell!«, brummte der König. »Ich will die Ware erschtma sehn! Ich koofe doch ni' das Ungeheuer im Sack.«

Da machte sich der ganze Hofstaat auf in den Zwinger zu Dresden-Herzegowina, um das sagenumwobene Ungetüm zu bestaunen.

Doch als das Ungeheuer von Loch Niesky die Menge sah, sprach es »Uaaaaaähh!«, was in dieser Betonung in etwa bedeutete: »Da is' ja endlich meine geliebte Prinzessin!«

Und kaum hatte es so gesprochen, da zerriss es das Zaumzeug, mit dem es gefesselt war, schnappte sich die Prinzessin und zog eine Spur der Verwüstung durch den sächsischen Märchenwald.

Dann hopste es mit großen Sprüngen die Autobahn A14 entlang. Da könnt Ihr Euch vorstellen, liebe Kinder, wie die Polizei geguckt hat, als sie den Film ihrer Radarfalle entwickelte.

In Leipzig angekommen, stieg das Ungeheuer auf den Weisheitszahn inmitten der Stadt, im Volksmund auch das Universitätshochhaus genannt. Und weil sich die Märchenwaldbewohner nicht mehr anders zu helfen wussten, da riefen sie die sächsische Märchenwaldbundeswehr zu Hilfe, die mit ihren modernsten Kampfflugzeugen, drei gerade noch so funktionstüchtigen Doppeldeckern angebrummelt kam, um das Ungetüm zu erlegen.

Das Ungeheuer steckte die aus Leibeskräften kreischende Prinzessin in die Brusttasche seines Schuppenkleids und während es sich mit der einen Hand an der Antenne auf der Spitze des Gebäudes festhielt, holte es mit der anderen seine große Fliegenklatsche aus seiner Herrenhandtasche und verscheuchte die lästigen Blechmücken.

Dies war nicht einmal böse gemeint, denn das Ungeheuer von Loch Niesky dachte nicht weniger, als dass es seinen kostbarsten Besitz, die Prinzessin Influenza Lederbart, verteidigen müsse.

Als der König sah, dass das Ungeheuer zwar hässlich und dämlich war, aber drei gute Herzen hatte, da sprach er: »Was der liebe Gott zesammenführt, das soll der Mensch nicht trennen!«

Und so vermählte er das Ungeheuer von Loch Niesky mit seiner heißblütigen Tochter Influenza Lederbart und die beiden bekamen viele kleine grüne schuppige Ungeheuerlein. Endlich hatte König Gernot Lederbart der Gelangweilte wieder Freude am Leben! Die kleinen Babyungeheuer spielten in seinem Schoße und kleine Stichflammen kamen aus ihren Mäulern, wenn sie ein Bäuerchen machten. Darüber konnte der König endlich wieder herzlich lachen, bis auf das eine Mal, als sein Bart Feuer fing.

Und weil die Prinzessin immer noch blaue Flecken von den Sporen des Prinzen Benno-Maria von Bimsenstein hatte, da wurde dieser zur Strafe wegen Tierquälerei vom obersten Rittmeister vor die goldene BMW-Hochzeitskutsche gespannt und musste das frischvermählte Paar durch den McDrive ziehen. Doch weil das riesige Ungeheuer von Loch Niesky alle furzlang 50 Chickennuggets und einen kleinen Chefsalat essen musste, um nicht zu unterzuckern, hatte der Prinz damit zu tun, bis an sein Lebensende.

Die sieben Vollmeisen

Es war einmal vor sehr, sehr langer Zeit, als die Menschen noch eine alberne, gekringelte Schnur am Telefon hatten, da lebte im sächsischen Märchenwald der total untalentierte Variete-Zauberkünstler Zampano Schuster.

Und seine Frau Pomelo Schuster sprach zu ihm: »Sachema, unsere sieben Söhne ham viellei' ma Hunger! Kannst Du ma' bitte umständehalber 'n Kaninchen aus'm Zylinder zaubern? Oder bist Du dafür ooch ze bleede?!«

Da sprach der untalentierte Zauberkünstler: »Gar keen Problem, Pomelo, geh ma' 'n Stück beiseite, könnte sein, dass das Funken schlägt ... ich versuch's ma'!«

Und er machte zahlreiche ungelenke Bewegungen, die wie Zauberkunst aussehen sollten, doch viel mehr an einen defekten Hampelmann erinnerten.

Und während seine Frau Pomelo bereits genervt die Augen verdrehte, rief er: »Lokus, Pokus, Omnibus!« und zog zum Erstaunen aller eine alte TV-Programmzeitschrift vom September 1462, ein Rohrknie und ein halbes Schwein aus dem Zylinderhut.

Da sprach die Pomelo: »Du kannst Dir ja nich' ma' die einfachsten Zaubersprüche merken! Was soll ich'n mit'm halben Schwein? Das fällt doch um!«

»Aua!«, sagte da der Zampano Schuster, denn das halbe, tiefgefrorene Schwein war ihm soeben auf den Fuß gefallen. »Warte, Weib! Ich probier's nochma'!«

Und nach neuerlichen Verrenkungen sprach er weihevoll: »Simsalazimt! Bambaza, Meduzalazimt!« Und im gleichen Moment rumpelte und pumpelte es bedrohlich in der engen Märchenwaldplattenbauwohnung der Schusters und der Zylinder ging in Flammen auf wie ein trockener Weihnachtsbaum mit defekter, chinesischer Lichterkette.

»Oh!«, sprach da der Zampano Schuster. »Ich geh uns ma' lieber 'ne Pizza holen!«

Und seine Frau Pomelo bläkte ihm hinterher: »Und bringe en Feuerlöscher mit, für die Gardinen!«

Als der total untalentierte Zauberkünstler Zampano Schuster nach neun Monaten wieder heimkam, da staunte er nicht schlecht, denn seine Frau Pomelo hatte ihm in der Zwischenzeit ein Töchterlein geboren. Das war aber so klein, schwach und kränklich, dass er sprach: »Das machste nochma'! Als ich Dich vor sieben Jahren bei Märchenwaldtinder geschossen hab, stand davon aber nix im Kleingedruckten!«

Doch weil die ehelichen Reklamationsfristen sämtlich abgelaufen waren, da mussten sie sich zufriedengeben und nahmen das kleine, schwache Kindelein an wie ein Politiker einen Umschlag mit einer anonymen Spende. Sie fütterten das Kindelein mit viel Pizza, doch es wollte einfach nicht wachsen und wenn es ein Bäuerchen machte, dann roch es in der ganzen Wohnung nach vier Jahreszeiten.

Und das Baby sprach: »Uääääh!«, was soviel bedeutete wie »Man kann bei der Auswahl seiner Verwandten nicht vorsichtig genug sein! Wenn ich Euch so angugge, wär' ich lieber beim lieben Steve Jobs im Himmel!«

Und gleich schickte es sich an, den Radieschen einen Besuch von unten abzustatten, so schwach, blutarm und schwindsüchtig war es!

Da fragte der Zampano Schuster sein röchelndes Töchterlein: »Sachema, Du kleene Pullerpuppe, wie heeßt 'n Du überhaupt?«

Und weil das Kind nicht antwortete, da fiel es ihm wie Schuppen aus den Haaren, dass sie das Mädchen noch nicht einmal getauft hatten. Und weil das Kindelein so weiß war wie Schnee, so rot wie ein Stoppschild und so schwarz wie die verkohlten Gardinen, da nannten sie es einfach Ute.

Da fragten die sieben Söhne: »Hier, Vati, soll'n mir Taufwasser holen?«

Und der Zampano Schuster antwortete: »Taufwasser? Na ihr seid viellei' e' paar Spassvögel, holt lieber e' Fässchen Bier und en Kasten Eierlikör für Eure Mutter, mir feiern schließlich Taufe und Beerdigung in eem Offwasch! Und nu hopp hopp hopp, in 'ner Stunde seid ihr widdor da!«

Als die Brüder aber sieben Jahre lang nicht nach Hause kamen und das kleine Mädchen in Ermangelung einer anständigen Beerdigung immer noch am Leben war, da wurde ihr Vater Zampano Schuster langsam ungeduldig und sprach in seinem Zorn zu seiner Frau

Pomelo: »Das is' ja ma widder typisch! Deine Söhne! Keen Wunder bei der Mutter! Haste ma' off de Uhr geguckt? Wo bleiben denn die Pfeifen?«

Und er wurde noch zorniger und rief: »Rhabarberacadabra, die ham doch 'ne Vollmeise, ich wünschte, die Bengels wären zur Strafe auf der Stelle sieben Raben!«

Doch weil er wieder ein falsches Zaubesprüchlein gesagt hatte, verwandelten sich seine Söhne, die seit sieben Jahren einem klingelnden Eiswagen hinterherliefen, augenblicklich in sieben Vollmeisen und flatterten auf majestätischen Schwingen hoch in den Himmel empor. Und als sie über den heimischen Märchenwaldplattenbau flogen, da sah der große Zampano, was er angerichtet hatte.

»So eine Scheiße mit dor Scheiße, zweehundert Puls hab' ich balde, doo, ich kann mir einfach keene Zaubersprüche merken!«

Als die Ute ein wenig größer geworden war, so dass sie schon ohne Leiter Erdbeeren pflücken konnte, da fragte sie ihre Eltern: »Sachtema, ihr Spacken, alle in meiner Klasse ham sieben Brüder, nur ich ne, da stimmt doch was nich'! Wer hat'n da widdor geschlampt? Da hat doch widdor eenor sein Job 'ne gemacht!«

Da musste der große Zampano Schuster dem Kinde beichten, dass er die Brüder aus Versehen in sieben Vollmeisen verwandelt hatte, weil er sich einfach keine Zaubersprüche merken konnte.

»Einmal mit Profis arbeiten!«, rief da die kleine

Ute, und machte sich auf in die große, weite, sächsische Märchenwelt, um ihre sieben verwunschenen Brüder zu suchen. Sogleich packte sie ihre sieben Sachen ein: Ein Fläschchen Sterni für ihren Durst und sechs Fettbemmchen gegen den Hunger. Dann winkte sie ihren Eltern zum Abschied mit dem Mittelfinger und wanderte frohgemut los, ihre Brüder zu finden.

Als sie am Rande der Märchenweltscheibe ankam, da traf sie auf die liebe Sonne und die Sonne sprach: »Ich bin der heißeste Scheiß im sächsischen Märchenwald! Und Du meine kleene Ute, Du stehst da genau richtig! Ich will mit all meiner Oberhitze auf Dich herunterscheinen, und wenn Du da jetzt ma' bitte umständehalber 'ne Viertelstunde stehen bleibst, bist Du al dente und ich krieg endlich mal wieder ein knuspriges Kindelein zum Abendbrot! Ich hol schon mal Ketchup!«

Doch weil die Ute zwar bescheuert, aber so bescheuert auch wieder nicht war, machte sie Lack an die Hacken, gab sich selbst die Sporen und rannte mit qualmenden Sneakers davon, so schnell sie ihre kurzen, krummen Beinchen tragen konnten.

Sie lief bis sie am anderen Ende der Märchenweltscheibe ankam – und hätte sie nicht rechtzeitig eine Gefahrenbremsung eingeleitet, so wäre sie über den Rand der Scheibe gefallen, wo sich die unendliche, gähnende Leere und vakuumierte Ödnis Sachsen-Anhalts auftat. In diesem Moment hörte sie das Klirren und Rasseln des Flaschenzugs, mit dem der Mond bekanntlich jeden Abend von den Heinzelmännchen in

53

den Nachthimmel gezogen wird. Die Heinzelmännlein ächzten und stöhnten bei dieser harten Arbeit so laut wie eine Omi mit zwei vollen Einkaufstüten, wenn der Aufzug defekt ist. Denn weil gerade Vollmond war, war der Mond heute besonders schwer!

»Grüß Dich Mond, Du alte Feile!«, rief die Ute entzückt. »Du kommst mir gerade richtig! Du hast doch von da oben 'nen guten Überblick über die Märchenweltscheibe – kannst Du mir sagen, wo meine sieben Brüder sin'?«

Der Mond erwiderte: »Ich rieche Menschenfleisch!«

Und die Ute sprach: »Hä? Wie bitte?«

»Och, nüscht, aber ma' was anderes!«, sagte der Mond. »Kannst Du mir ma' 'n Gefallen tun, Ute? Ich hab' hier hinten seit 20. Juli 1969 so e' scheißamerikanisches Fähnchen stecken, das juckt so dermaßen, kannst Du das bitte ma' rausziehen?«

»Na klar, gar kee Problem, zeiche ma', wo denn? Ich helfe Dir gern!«, sagte die Ute.

Der böse Mond aber tat nur so freundlich, in Wirklichkeit war der Weltscheibentrabant so kalt und garstig wie ein barfüßiger Gang zur Außentoilette in Sibirien-Herzegowina und sein Leibgericht waren Mädchen namens Ute.

Als die Kleine sich gerade nach dem Fähnchen im Popser des Mondes reckte, da riss er sein riesiges Mondmaul auf, um das Kind zu verschlingen! Und der Mond lachte: »Har! Har! Har! Ich weiß eigentlich selbor nich', was es da ze lachen gibt, aber wir Schurken müssen das so machen, weil wir dann noch viel böser rüberkommen! Das is' 'ne alte Drehbuch-Regel aus Hollywood-Herzegowina!«

Und als er gerade seine gelben und mit Asteroideneinschlagkratern übersäten Zähne in das zarte Mädchen schlagen wollte, da holte die Ute die sechs Fettbemmen aus ihrem Dödel-Maus-Rucksack, und warf sie dem menschenfressenden Vollmondungeheuer in sein großes Maul.

Und die Ute rief: »Hier, nimm das, Du Bestie! Und gehe ma' wieder zum Zahnarzt! Der letzte Eintrag in Deinem Bonusheft ist doch von Oktober 1628!«

Der Mond kaute genüsslich auf den sechs Fettbemmen herum und sprach: »Scheiße, is' das leggor! Die schmecken zwar bestimmt noch besser, wenn mor e' kleenes Mädchen drofflegt, aber fürs erschte bin ich satt!«

Und er rülpste so feucht wie eine Nilpferdkuh nach dem Genuss von zwei Hektolitern roter Fassbrause. Dann sprach er voll Dankbarkeit zur Ute: »Mache dass de fortkommst, bevor ich's mir noch anders überlege! Und was Deine sieben verwunschenen Brüder angeht, da gehste ma' zum Bahnhofsvorplatz in Hölle an der Saale und fragst die weisen Sterni-Trinker! Die sind so fröhlich, die sehn alles, und das auch noch doppelt! Ich will Dir auf Deinem Wege heimleuchten, auf dass Du Dich nicht verläufst, Du Trulla!«

»Tschüss Vollmond! Du bist ja doch nicht so 'n Arsch wie alle sagen!«, sprach die Ute und machte sich im Mondschein hopsend auf den Weg nach Hölle an der Saale. Dort wurde sie am Bahnhof von den

Sterni-Trinkern mit ihren bunten Haaren und roten Augen freudig begrüßt und die Sternis riefen: »Hast Du ma' 'n Märchentaler? Unser Sterni is' alle!«

Da gab das gute Mädchen ihr Fläschlein Sterni den durstigen Männern hin und diese ließen das Fläschchen fröhlich kreisen.

Dann sprachen sie zu dem Kinde: »Börps! Ute, Du hast uns vor dem Verdursten gerettet, wir wollen Dir ein Geschenk geben! Hier hast Du ein Nothämmerlein, das wir in der Bimmel geklaut haben!«

»Was soll ich denn mit dem Mist?«, fragte die Ute verwundert.

Die Sternis fuhren fort: »Damit kannst Du die Scheibe von Gisela Gerlachs gläsernem Grillwagen einschlagen und Deine Brüder, die sieben Vollmeisen, befreien, bevor sie auf den Broilerspieß kommen! Aber beeil Dich! Dreie sind schon gerupft und eener sogar fertig mariniert!«

Die Ute war baff. »Ja, woher wisst Ihr das denn alles?«

Da lachten die Sternis und sprachen: »Das steht genau so im Sinnlos Märchenbuch! Das weeß doch jedes Kind!«

»Ach so!?«, rief die Ute. »Und wie geht das Märchen aus? Schaff ich's, oder geh ich im letzten Moment doch noch droff?«

»Naja, also … gespoilert wird hier aber nich'! Tschüssikowski und Lebwohl, falls wir uns nie wiedersehn!«

Da dankte das Mädchen artig, wickelte den Nothammer in sein Taschentuch, und schnurte stracks zum gläseren Grillwagen der Gisela Gerlach. Doch als sie dort das Taschentuch aufschlug, da war das Nothämmerlein verschwunden und weil sie so kurz vor dem Ende ihres Märchens nicht mehr mit weiteren Komplikationen gerechnet hatte, da weinte sie wie der Klassenstreber über eine Eins minus. In ihrer Not fiel sie auf die Knie und betete zum lieben Steve Jobs im Himmel. Da tat sich der Himmel auf und ein Sonnenstrahl kam aus den Wolken und leuchtete direkt auf das Mädchen.

»Is' das alles?«, fragte die Ute Schuster enttäuscht. Doch der liebe Steve Jobs im Himmel sprach zu Ihr: »Jetzt warte doch ma', der Sonnenstrahl is' nur 'ne Zieleinrichtung, damit ich meine himmlischen Gaben punktgenau ausliefern kann!«

Und im gleichen Moment warf er einen 3D-Drucker vom Himmel herab, direkt auf die Rübe der kleinen Ute.

Als sie wieder aus ihrer tiefen Ohnmacht erwacht war, da dankte sie dem allmächtigen Steve Jobs im Himmel und druckte sich zuallererst zwei Aspirin und einen Eisbeutel aus, um das Ei an ihrem Kopf zu kühlen. Dann druckte sie sich geschwind ein Nothämmerlein und schlug die Scheibe an Gisela Gerlachs gläsernem Grillwagen ein.

Da flogen vier ihrer Brüder hinaus und drei kamen gelaufen, weil sie schon gerupft waren. Dann zischte und puffte es, es rumpelte und pumpelte und sie verwandelten sich alle sieben zurück in junge Buben. Davon sahen vier einigermaßen normal aus, drei hatten Glatze und einer war von oben bis unten mit

Marinade eingeschmiert. Da war die Freude groß, liebe Kinder, und sie herzten und küssten sich, nachdem sie die Marinade vom siebten Bruder abgeleckt hatten.

Und so lebten sie wieder glücklich und zufrieden mit ihren Eltern Zampano und Pomelo Schuster, bis der große, aber vergessliche Zauberer Zampano sie eines Tages versehentlich in die Kelly Family verwandelte. Und so leben die Geschwister heute noch, und niemand hat jemals einen Zauberspruch gefunden, um uns von diesem Fluch zu erlösen.

Der Drachentöter Schwerenöter

*E*s war einmal vor sehr, sehr langer Zeit, als die
Geißlein noch Uhrenkästen hatten, um sich zu ver-
stecken, da lebte der furchterregende Drache Tyrannosaurus Feuermaul in seiner Drachenhöhle in Syrau-Herzegowina.

Der Drache hatte Augen, die glühten so heiß wie
ein Schülerhintern auf der Heizung im gut gelüfteten
Klassenzimmer. Aus seinen riesigen Nasenlöchern
voller kieselsteingroßer Drachenpopel schnaubte er
Schwefeldampf. Und hintenrum und aus den Ohren
auch. Der Drache Feuermaul konnte Feuer spucken
wie ein explodierender Campingkocher, und seine
schrumplige, grüne Lederhaut war voller haariger
Warzen. Er war schuppig wie ein alter Schuppen, und
alle Bewohner des sächsischen Märchenwalds lebten
in Angst und Schrecken vor dem Ungetüm.

Der Tyrannosaurus Feuermaul aber war ein Mes-
sie und in seiner Drachenhöhle sah es aus wie bei
Hempels unterm Sofa. Überall lagen Taschentücher,
Ritterhelme, Eierlikörflaschen, verbeulte Rüstungen,
Partyfrikadellenverpackungen und die Gerippe von
Prinzen herum. Sie alle hatte der Drache Feuermaul
mit seinem feurigen Feuermaul geröstet.

Nächtens, wenn alle Kinder im sächsischen Märchenwald schon schliefen, da kam der Drache rülpsend

und qualmend aus seiner Drachenhöhle, ging spazieren und terrorisierte den ganzen sächsischen Märchenwald mit seiner miesen Laune.

Als König Pilsener das Fünfte am Morgen verkatert aus seiner königlichen Falle rollte, um sein liebreizendes Töchterlein Santa Maria zu wecken, da trat er vor ihre Koje und sprach zu Ihr: »Ich bin's, Dein Papi Pilsener! Steh auf, mein kleines Helles!«

Doch die Mulde, die die Prinzessin angesichts ihrer beträchtlichen Lebendeinwaage in der Federkernmatratze hinterlassen hatte, war leer.

»Alaaaaaaaaaaaaarm!«, rief da Köng Pilsener das Fünfte. »Keiner verlässt den Märchenwald! Wer hat meine Santa Maria geklaut? Das gibt's doch balde gar ne! 200 Puls hab' ich balde, doooo!«

Der bucklige Kammerdiener des Königs, dessen Namen sich niemand merken konnte, weil er aus dem polnischen Märchenwald kam, sprach zum König: »Ausgeschlossen, dass die eener geklaut hat, bei dem Gewicht! Das wirkt bei 'ner Prinzessinnenentführung quasi wie 'ne Wegfahrsperre! Die muss hier doch noch irgendwo sein!«

Da durchsuchten sie alle Räume, doch sie fanden das Mädchen nicht. Auch nicht in der Speisekammer, wo sie normalerweise anzutreffen war, wenn sie nicht im Bette lag.

Dann riefen sie die Märchenpolizei.

Im fast gleichen Moment kam auch schon Polizeikommissar Bärbel Ehrlicher auf seinem Sondereinsatzfahrrad mit Hilfsmotor ins Schloss geritten und bremste mit quietschenden Hufen, direkt vor dem Thron des Königs.

Und der Monarch sprach zu ihm: »Ich bin König Pilsener das Fünfte und meine Tochter …«

Doch Kommissar Bärbel Ehrlicher unterbrach ihn: »Momentema! Erschtema 'n Ausweis! König, Schmönig, kann ja jeder sagen!«

Der König griff nach seiner Krone, wo er für solche Fälle immer seinen Perso zwischen zwei Zinken geklemmt hatte, und überreichte dem Kommissar seinen goldenen Ausweis.

»König Pilsener das Fünfte, was is'n das für'n bescheuerter Name?«, fragte Bärbel Ehrlicher erstaunt.

Da errötete der König und sprach: »Ja, weeß ich selber, aber das is' halt mein Spitzname aus'm Kegelclub.«

»Okay, Spaß beiseite! Prinzessinnendiebstahl ist ein schweres Kavaliersdelikt!«, rief der Kommissar diensteifrig, und er holte seine winzige Spurensicherungslupe aus Westdeutschland heraus. Mit dieser winzigen Lupe untersuchte er das Gemach der vermissten Santa Maria Pilsener.

»Und?«, fragte Köng Pilsener neugierig. »Was sehnse durch Ihre Lupe?«

»Na hoi! Als erschtes seh' ich, dass es hier ganz schön nach Schwefel riecht!«

»Aha! Jetzt seh' ich's auch!«, sprach da der König. »Und weiter?«

»Da wo früher das Fenster war, is' e' Loch in der Wand, so groß wie e' Doppelgaragentor!«

Der König rief tief beeindruckt: »Was Sie alles

sehen, Herr Kommissar! Ei nee! Zum Glück hamse Ihre Lupe dabei! Mir wär'n ja voll aufgeschmissen ohne!«

Doch das, liebe Kinder, war nicht das einzige, was der Kommissar entdeckte. Vor dem Bett fand er einen tiefen Fußabdruck im Parkett, der zwei Meter groß war und nur drei Zehen mit langen Krallen hatte.

»Der Fall is so gut wie gelöst, König Pilsener!«, sprach Kommissar Bärbel Ehrlicher.

»Bloß gut!«, antwortete der König. »Ich will nämlich ooch bloß heeme!«

Der Kommissar Ehrlicher sagte: »Also: Schwefelgeruch, Loch in der Wand, Riesenfußabdruck, Prinzessin weg – die Handschrift kenn ich! Das war der furchterregende Tyrannosaurus Feuermaul aus Syrau-Herzegowina!«

»Ach, Du scheiße!«, sprach der König Pilsener. »Na, un' nu?«

»Ja nüscht!«, gab der Kommissar Bärbel Ehrlicher zurück. »Da könnse eigentlich gar nüscht machen. Der Drache is' viel zu mächtig! Ich mache dann ma' los, hä? Mach's atsche, König!«

Da weinte König Pilsener das Fünfte viele schaumige Tränen, da er fürchtete, das Schulgeld für sein Töchterlein ganz umsonst bezahlt zu haben.

Am Abend, als König Pilsener das Fünfte das fünfte Königs Pilsener getrunken hatte, da setzte er sich an seinen diamantenbesetzten Laptop und gab bei Spieglein online an der Pinnwand eine Anzeige auf.

»Alle ma' herhör'n!«, stand da in Großbuchstaben,

»Wer mein liebreizendes Töchterlein Santa Maria aus den Klauen von Tyrannosaurus Feuermaul befreit, der darf se behalten!«

Da kamen aus allen Ecken des Märchenwaldes Prinzen in glänzenden Rüstungen herbei, die die prächtig aufgetakelte Santa Maria zu ihrer Wohnungseinrichtung hinzufügen wollten.

Nur ein Prinz kam nicht: Das war der edle Prinz Sven-Sören Schwerenöter, der nichts als Pudding im Knie und Quark in der Birne hatte. Seine Ärmlein waren so dünn wie Wienerwürstchen und er hätte damit kein Schwert halten können. Ehrlich gesagt, liebe Kinder, hatte er schon große Schwierigkeiten das Buttermesser unfallfrei zu führen.

Während sich Prinz Sven Sören Schwerenöter wieder hinlegte, machten sich die anderen Prinzen, einer nach dem anderen, auf den Weg nach Syrau-Herzegowina, um beim Tyrannosaurus Feuermaul zu klingeln.

Der König Pilsener das Fünfte saß indessen aufgeregt in seiner Thronstube und seufzte viele Königs Pilsener. So wartete er auf Kunde aus Syrau.

Als er mit seinem goldenen, königlichen Zollstock ein weiteres Fläschchen geköpft hatte, kam sein Kammerdiener, dessen Namen sich niemand merken konnte, weil er aus dem polnischen Märchenwald kam, ganz außer Atem vor den König gerannt.

»Ach!«, sprach da der König erwartungsfroh. »Gibt's was Neues von der Santa Maria, mein lieber …

äh ... sachschnell ... or ... ich kann's mir einfach ni' merken!«

»Ich heeße Schlawiniak! Wie oft denn nu' noch?«, sagte der Kammerdiener und verdrehte entnervt die Augen wie ein Augenleiersmiley.

»Schlawiniak?«, tobte der König. »Das is' doch keen Name! Das is 'ne Krankheit! Hast Du keen Vornamen, Du Vochel?«

»Doch«, sprach der treue, bucklige Kammerdiener Schlawiniak. »Ich heiße Adolf!«

»Or neje!«, rief der König Pilsener. »Da bleiben mir lieber bei Schlawiniak! Gibt's was Neues von meiner Tochter?«

»Leider nichts Gutes, mein König! Das hier ist das Einzige, was vom Prinzen Arno von Hilpoltstein übriggeblieben ist!«

»Ahhhhh!«, rief der König entsetzt, »der sieht ja aus wie 'ne Schüssel Tote Oma!«

»Äh, Herr König!«, widersprach der Kammerdiener Adolf Schlawiniak. »Das IS' 'ne Schüssel Tote Oma, Sie Dicknischel! Sie essen doch gerade zu mittag! Der Rest vom Prinz ist hier!«

Und er überreichte dem König eine gesprungene Brille und einen angekokelten Flipflop aus Edelstahl. Das war das Einzige, was vom Prinzen Arno und seiner Rüstung geblieben war.

Als nächstes war Prinz Eugen Drosselbein an der Reihe. Er hatte sich eine List überlegt, um in die Höhle des Drachen zu gelangen. Als er an der Drachenhöhlentüre klingelte und sich Tyrannosaurus Feuermaul über die Gegensprechanlage meldete, da rief er: »Hier, Herr Feuermaul! Der Lieferandolf! Pizza is' da!«

Hocherfreut öffnete das schuppige Ungetüm und erblickte den Prinzen, der mit gezücktem Schwert vor der Türe stand.

Der Drache sprach: »Komisch. Ich hab' doch gar nüscht bestellt. Und wieso is' der Lieferandolf einfach abgehauen? Naja, Hauptsache, er hat's Essen dagelassen!«

Und er nahm dem Prinzen das Schwert aus der Hand, piekste ihn auf und snackte ihn weg wie ein Partyspießchen.

So ging es noch vielen Prinzen nach ihm, liebe Kinder! Dem Prinzen Rolle, dem Prinzen Album und sogar dem Kaiser Gemüse und ihnen allen verging gehörig das Prinzen.

Bald war nur noch ein einziger Prinz in heiratsfähigem Alter übriggeblieben, das war der Prinz Sven-Sören Schwerenöter. Der war aber ein Schwächling und ein rechter Angsthase und hatte deshalb immer ein wenig Flugrost im Blechschlüpfer seiner Rüstung.

Doch es half kein jammern! Auf Befehl des Königs Pilsener musste auch er ausrücken.

Eines Tages stand er zitternd vor der Höhlentüre in Syrau-Herzegowina und klingelte.

Der furchterregende Drache Tyrannosaurus Feuermaul sah den zitternden Prinzen und sprach:

»Mhhh! Leggor Wackelpudding! Den mag ich am liebsten flambiert!«

Der Drache holte tief Luft und als er gerade den Prinzen Sven Sören Schwerenöter rostbräteln wollte, da rief dieser: »Halt ein! Nich' so schnell! Warte! Ich hab' doch das gleiche Problem wie Du!«

»Hä?«, antwortete der Drache. »Du hast wo' ooch Schuppen?«

»Neee!«, rief der Prinz Schwerenöter, der bei Google und Youtube Medizin studiert hatte. »Du hast Sodbrennen!«

Und hastuihnnichtgesehen warf er dem Ungetüm eine ganze Packung Schlundoprazol, das er wegen seines empfindlichen Magens immer mit sich führte, in den geröteten Drachenrachen. Der mächtige Saurus schwankte und wankte und in seinem grünen, schuppigen Hals zischte es, als hätte jemand das Lagerfeuer ausgepullert. Kein Flämmchen konnte er mehr spucken und nach ein paar Rauchringen aus seinen Nasenlöchern war auch damit Schluß.

»Und? Bessor?«, fragte der ebenso schöne wie dämliche Prinz Sven Sören Schwerenöter.

Da sah man zum ersten mal seit sechzig Millionen Jahren ein Lächeln auf dem Gesicht des Tyrannosaurus Feuermaul und der Drache sprach mit lieblicher Stimme: »Or, Danke! Das fühlt sich ja gut an! Ich hab' gleich viel bessere Laune! Jetze tut's mir fast leid, dass ich jede Nacht im Märchenwald randaliert hab. Komme rein, mei' Svenni! Darf ich Dir was anbieten? Kaffee, Tee, Bier, Wasser oder 'ne Prinzessin?«

»Ach, wenn ich schon ma' hier bin! Ich nehm die

Prinzessin mit zwei Stück Zucker bitte«, jauchzte der Prinz entzückt.

Dann setzten sich die beiden frischgebackenen Kumpels an den zierlichen Teetisch des Tyrannosaurus Feuermaul und scherzten und lachten und die Prinzessin Santa Maria servierte ihnen ein wenig Schonkost, um das Feuer im Bauch des Drachen nicht wieder zu entzünden.

Prinz Schwerenöter fragte seinen neuen Drachenbuddy: »Sachema, Keule, wieso hast'n Du eigentlich die Prinzessin gemaust? Mir ham die überall gesucht!«

»Ach«, antwortete der Drache. »Ich war mit mein' Haushalt überfordert. Un' die hatte so schöne kleene Hände, da dachte ich, die kommt hier herrlich in die Ecken!«

Da sprach Prinz Schwerenöter: »Sei froh, dass Du die nich' mit Deiner Stichflamme angekokelt hast!«

»Wieso«, fragte der Drache erstaunt.

»Naja, dann wär's doch Schwarzarbeit!«, sagte der Svennie gewitzt.

»Da haste ooch wieder recht!«, rief Tyrannosaurus Feuermaul und die neuen Freunde schlugen sich auf die Schenkel vor Lachen und kullerten ausgelassen durch die gemütliche Drachenhöhlenstube.

Prinz Sven Sören Schwerenöter ehelichte sogleich die Prinzessin und zog zu ihr in die Drachenhöhle in Syrau-Herzegowina. Und der liebe Drache Tyrannosaurus Feuermaul bekam ein Wohnrecht auf Lebenszeit und den Job als ihre Schwiegermutter.

König Pilsener das Fünfte aber schwor dem Biergenuss endgültig ab und nahm seinen früheren Namen wieder an: Klaus Thaler.

Und so lebten alle glücklich und zufrieden, bis Schwiegermutter Feuermaul nach dem Genuss einer billigen Fertigpizza aus Versehen die Inneneinrichtung abfackelte.

Die Siebenmeilensneakers

*E*s war einmal vor siebentausend, siebenhundert oder sieben mal sieben Jahren, das wissen wir selbst nicht mehr so genau, da lebte der arme Sandsieber Reiner Maria Sieben mit seiner Frau Sieblinde und seinen sieben Kindern in Siebenlehn-Herzegowina in einer Plattenbausieblung in der Hausnummer sieben auf sieben Quadratmetern Wohnfläche. Und der arme Sandsieber sprach: »Alle sieben ma' herhör'n! Es is' jetzt sieben Uhr! Normalerweise gibt's jetzt Ahmdbrot, aber der Kühlschrank is' seit sieben Tagen leer, deshalb werdet Ihr jetze im Wald ausgesetzt! Und zwar hinter den sieben Bergen! Irgendwelche Einwände?«

»Ach nööö!«, sprachen die Kinder. »Das kenn' mir schon. Das ham mir schon ma' bei Pro Sieben geseh'n!«

»Gut!«, sprach da der Vater. »Dann sucht ma' Eure sieben Sachen zesamm! In sieben Minuten is' hier Abflug!«

Und pünktlich wie die sieben Schwaben stellten sich die Kindelein zum Abmarsch auf wie sieben Orgelpfeifen. Nach sieben Stunden Marsch durch den dunklen Märchenwald wurde den Kindern angst und bange und sie riefen: »Vater, uns gruselt!«

Da sprach der arme Sandsieber Rainer Maria

Sieben: »Was soll ich'n da sagen, ich muss schließlich den ganzen Weg alleene zerück! Macht's atsche, Ihr gefräßigen Wänster!«

Da weinten die sieben Kinder sieben dicke Tränen, doch der kleinste von Ihnen, den alle den Däumling nannten, weil er mit seinen sieben Jahren noch immer am Daumen lutschte, sang fröhlich: »Über sieben Brücken musst Du geh'n, sieben dunkle Jahre übersteh'n!«

Und seine Geschwister, die das heitere Lied hörten, sprachen: »Ach, halt doch de Gusche! Du nervst!«

Doch der kleine Däumling war frohgemut, denn er hatte sein Ränzlein voller Legosteine gepackt und auf dem Wege immer wieder einen fallen lassen. So konnte er seine Geschwister die siebenundsiebzig Kilometer wieder bis nach Hause führen. Sie brauchten nur der Spur der Steine zu folgen. Und weil die armen Kinder barfuß waren und dauernd auf die Legosteine traten, riefen sie immer wieder: »Aua! Aua! So eine Scheiße mit dor Scheiße!«

Nach sieben Wochen kamen sie glücklich beim Haus ihrer Eltern an. Und die Mutter freute sich und rief: »Hä? Was wollt'n Ihr schon wieder hier!? Seid ihr ze bleede Euch ze verloofen?«

Doch weil der böse Lieferandolf in der Zwischenzeit sieben mal dagewesen war, durften sie bleiben und die vielen Pizzaränder essen, die ihr zahnloser Vater übrig gelassen hatte.

Doch sieben Monate später waren auch die Pizzaränder allesamt aufgegessen und der arme Sandsieber Rainer Maria Sieben sprach: »Ihr wisst ja, was jetzt passiert!«

Und es half kein Heulen und kein Klagen, kein Greinen und Weinen, kein Jammern und kein Flehen, kein Betteln und kein Wimmern, kein Winseln und kein Knatschen und auch keine Online-Petition und kein Festkleben an der Autobahn, sie mussten alle wieder in den dunklen Wald, um dort vorschriftsmäßig, nach guter, alter Märchensitte, zu verhungern.

Das kleinste der sieben Geschwister, der siebenjährige Däumling, aber sprach zu seinen Brüdern und Schwestern: »Fürchtet Euch nicht, Ihr Trottel! Ich hab' doch wieder 'ne Spur gelegt!«

Doch weil der kleine Däumling dazu die letzten Pizzarandkrümel verwendet hatte, war die Bröselspur verschwunden.

Denn die vielen typischen Tiere des sächsischen Märchenwaldes, das Opossum, der Schwanzlurch, das Urmel, der Schweinehund, der Teddybär, der Doppelbock, der frühe Vogel, der Angsthase, die Meersau, die lila Kuh und die Schnapsdrossel, hatten alle Krümel fein säuberlich weggepickt.

Da gaben die Kinder dem Däumling für sein Missgeschick eine All-you-can-eat-Portion Geschwisterkeile.

Dann irrten sie sieben Jahre durch den dunklen Märchenwald, bis sie an ein großes, prachtvolles Schloss aus Knochen kamen. Alle Kinder fürchteten sich, nur der Däumling nicht. »Ach, guggtema! Da is' ja 'ne Klingel! Soll ich hier droffdrücken, oder was?«

Und die anderen Kinder, die im Gegensatz zum kleinen Däumling lesen konnten, riefen: »Um Gottes Willen! Off'm Klingelschild steht: Hier wohnen Karl-Heinz und Brigitte Menschenfresser! Bloß nich' klingeln!«

Doch der kleine Däumling hatte schon auf den Klingelknopf gedrückt! Da läutete es wie siebentausend Kirchenglocken an einem ansonsten ruhigen Sonntagvormittag! Hinter der Türe rumpelte und pumpelte es, es knackte und knarzte, es zischte und puffte, es holterte und polterte und auf einmal flog die Riesentüre aus Menschenknochen auf und eine furchterregende Stimme rief: »Renate! Decke ma' den Tisch! Essen is' da!«

Doch als die Renate Menschenfresser die sieben possierlichen Kindelein sah, da weitete sich ihr Herz zu einem saftigen Steak, und sie bekam Mitleid mit den bescheuerten Gören.

Doch der unbarmherzige Karl-Heinz Menschenfresser sprach: »Ich rieche Menschenfleisch! Jetzt troppt mir aber der Zahn! Ich fange noch schnell einen freilaufenden Kopf Bio-Rotkraut im Garten – und Du schiebst zwischenzeitlich die sieben Biester mit Rosmarinkartoffeln in die Röhre!«

»Ganz so, wie es Dir beliebt, Karl-Heinz!«, sprach die Brigitte Menschenfresser und führte die sieben verängstigten Kinder in ihre üppige Küche.

Dort zeigte sie ihnen die Katzenklappe und sprach: »Husch, husch, hindurch mit Euch, seht zu, dass Ihr Land gewinnt, mein Mann, der alte Arsch, der frisst Euch sonst mit Haut und Haaren! Lasst Eure Mützen da und haut ab!«

Dann holte die liebe Renate Menschenfresser sieben Dosen geräucherten Tofu aus der Speisekammer und schob diese statt der Kinder in die vorgeheizte Backröhre.

Nur sieben Minuten später polterte der Karl-Heinz Menschenfresser in die Küche und fragte ungeduldig: »Und? Sind die Wänster was geworden? Ich hab' viellei' einen Kohldampf, Renate!«

Und sogleich servierte die Renate Menschenfresser ihrem hungrigen Gatten sieben Portionen ekligen Räuchertofu mit Rotkohl und Rosmarinkartoffeln. Den sieben Klumpen wabbeliger Sojamasse hatte sie listig die sieben Bommelmützen der Kinder aufgesetzt und der Karl Heinz Menschenfresser schluckte alles mitsamt Teller und Strickmütze herunter, so hungrig war er, liebe Kinder!

Dann rieb sich der böse Mann sieben Mal seinen dicken, haarigen Bauch und sprach: »Danke, Renate, das war lecker! Dein Kinderbraten schmeckt wie bei Oma! Ich mache jetzt erschtma 'ne fuffzehn und gugge Sportschau! Bringe mir doch bitte ma' noch e' Sieben-Minuten-Pils in die Wohnstube!«

Doch als er so auf der Couch lag, da war ihm, als hätte er sieben Dosen geräucherten Tofu gegessen. Da musste er rülpsen und pupsen, dass das ganze Haus wackelte und der Rauchmelder an der Decke anschlug. Und der Rauchmelder sprach: »Iiiiiiih, Iiiiiiiih, Räuchertofualarm! Iiiiiiih! Iiiiiiih!«

Da merkte der Karl-Heinz Menschenfresser, dass seine Frau ihn überlistet hatte!

Die sieben Geschwister aber waren in der Zwischenzeit so schnell davongelaufen wie ihre säbelkrummen Beinchen sie trugen und hatten schon eine Menge Vorsprung.

Doch da holte der böse Menschenfresser seine Siebenmeilensneakers aus dem Schuhregal im Flur. Die Siebenmeilensneakers aber waren verzauberte Turnschuhe, die man sieben Meilen weit riechen konnte, und wer sie trug, der konnte mit einem einzigen Schritt ganze sieben sächsische Seemeilen auf einmal zurücklegen.

Auch wenn die Kinder schon siebenundsiebzig Meilen weit gelaufen waren – nach nur zehn Schritten war der gefräßige Karl-Heinz Menschenfresser schon auf sieben Meilen an die flüchtenden Geschwister herangekommen, so dass sie ihn bereits riechen konnten.

Da könnt Ihr Euch vorstellen, liebe Kinder, wie sehr sich die Kleinen da gefürchtet haben! Es bedurfte nur noch eines Schrittes, dann hätte der gefräßige Karl Heinz sie eingeholt!

Doch mitten im letzten Schritt blitzte es auf einmal rot im Märchenwald, denn der Märchenwaldkommissar Bärbel Ehrlicher lag mit seiner Radarfalle im dichten Fichtendickicht auf der Lauer, um Geschwindigkeitsüberschreitungen zu ahnden. Da wusste der Karl Heinz Menschenfresser, dass er jetzt die Arschkarte gezogen hatte.

Der Kommissar Bärbel Ehrlicher winkte ihn auf

den Standstreifen und sprach: »Guten Tag, Führerschein, Fahrzeugpapiere, ma' bitte! Sie wissen, warum mir Sie anhalten?«

»Ja!«, sagte der Karl Heinz Menschenfresser. »Wahrscheinlich war ich ma' wieder bissel zu schnell!«

»Bissel is' gut, Herr Menschenfresser!«, sagte der Komissar und zeigte auf die rauchenden Trümmer seiner Radarfalle, die angesichts der massiven Geschwindigkeitsüberschreitung einfach explodiert war.

»Hier is' siebzig erlaubt – und Sie waren mit circa siebentausensiebenhundersiebenundsiebzig Stundenkilometern unterwegs. Ham Sie was getrunken?«

»Ja, Limo!«, antwortete der böse Karl-Heinz bedröppelt. »Ich trinke doch nie Alkohol, wenn ich loofe.«

Doch der Kommissar sprach: »Das kann ja jeder sagen! Hauchen Sie mich ma' an!«

Da holte der Karl Heinz Menschenfresser tief Luft und blies dem Märchenkommissar aus vollen Backen ins Gesicht, dass seine Ohren nur so schlackerten. Und der Kommissar sagte »Uäääh! Räuchertofu!« und fiel in eine tiefe Ohnmacht.

Und bis heute, liebe Kinder, ist er nicht aufgewacht, so dass er daraufhin in den Innendienst versetzt werden musste. Der Karl Heinz Menschenfresser aber freute sich, dass er dem Strafzettel wegen zu schnellen Laufens entgangen war und rannte weiter mit den Siebenmeilensneakers hinter den sieben Geschwistern her.

Bald war er wieder auf sieben Meilen an die Kinder herangekommen, und er hätte nur noch einen einzigen Schritt machen müssen, um sie zu fassen und zu fressen! Doch plötzlich stotterten seine Siebenmeilensneakers und die Warnleuchte auf der Schuhspitze ging an und er kam nicht mehr so recht voran.

Und der hungrige Menschenfresser Karl-Heinz sprach: »So eine Scheiße mit dor Scheiße! Zweehundort Puls hab' ich balde, dooo! Das Scheißmärchen zieht sich ganz schön in die Länge, dabei will ich ooch bloß heeme!«

Dann humpelte er zur nächsten Märchennotrufsäule und drückte den roten Knopf der Sprechanlage.

Am anderen Ende meldeten sich die Gebrüder Wilhelm und Jakob Grimm: »Märchennotruf der Gebrüder Grimm! Bruder Jakob am Apparat, was könn' wir für Sie tun?«

Und der Menschenfresser sagte: »Ich gloobe meine Siebenmeilensneakers ham ihr'n Geist offgegeben! Könnt Ihr da ma' jemand vorbeischicken?«

Doch die Gebrüder Grimm lachten nur und äfften den armen Mann nach: »Hahaha! Jemand vorbeischicken! Geht's noch? Wir ham Fachkräftemangel im Märchenwald! Außerdem is' kurz vor sieben, mir ham glei' Feierabend! Soll'n mir ihnen vielleicht ooch noch 'n Kirschkuchen backen?! Hahahaha!«

Da fragte der Karl-Heinz Menschenfresser ratlos: »Nujaaa, un' nuuu?«

»Na nüscht un nuu!«, rief der Jakob Grimm. »Wir könnten höchstens 'ne Ferndiagnose versuchen. Sind die Sohlen in Ordnung?«

Der Menschenfresser sprach: »Ja klar. Die berühr'n

ja nur alle sieben Meilen den Boden. Die sind noch tiptop!«

Bruder Jakob fuhr fort: »Sind die Schnürsenkel zu?«

»Ei ja! Na, ähmd! Die sind offgegangen! Das wird's sein! Danke! Super Support! Legt Euch wieder hin, ich hab's eilig!«

Doch die Gebrüder Grimm antworteten schon nicht mehr, denn sie hatten sich pünktlich um sieben Uhr sieben in den Feierabend verabschiedet.

Die Geschwister hatten indessen schon wieder siebenundsiebzig sächsische Seemeilen Vorsprung, doch nach nur elf großen Schritten hatte der böse Karl-Heinz Menschenfresser sie schon wieder eingeholt!

Mit weit aufgerissenem Maul rannte er auf die Kleinen zu, doch er war so schnell, dass er nicht mehr bremsen konnte! Da knallte er volle Hütte mit seiner Rübe gegen ein frisch lackiertes Doppelgaragentor und sank entseelt zu Boden.

Da freuten sich die sieben Kinder wie sieben Schneekönige und tanzten und jubelten und sangen: »Ding-Dong, die Hex' is' tot!«

Nur der Besitzer der Doppelgarage freute sich nicht, denn in seinem Garagentor war nun eine riesige Beule in Form eines Menschenfressers.

Der kleine Däumling aber zog sich die Siebenmeilensneakers an, rannte geschwind die paar hundert Meilen in die Märchenhauptstadt Berlin-Herzegowina und holte für seine Geschwister sieben Döner mit sieben Mal scharfer Soße. Und als der kleine Däumling nach sieben Minuten zurückkam, waren die sieben Döner immer noch genau so lauwarm, wie er sie in Berlin gekauft hatte.

Das Märchen
vom ausgefallenen Krieg

*E*s war einmal vor gar nicht allzu langer Zeit, da lebte auf der einzigen Lichtung mitten im dunklen sächsischen Märchenwald die arme, aber liebe Familie Eiersalat in einem schiefen Häuschen aus Eierkartons. Der Vater, Eiko Eiersalat, arbeitete am Fließband in der Eierfabrik, wo er tagein, tagaus Eier in ihre harte Schale verpacken musste. Dort hatte er auch seine liebe Frau Eileen Eiersalat, geborene Vollei, kennengelernt, die sich nun liebevoll um ihre sieben eierköpfigen Kinder kümmerte.

Und die Mutter Eiersalat sprach zu ihren sieben Kindelein: »Ei, ei, ei, liebe Kinder! Gleich kommt Euer lieber Vati aus der Eierfabrik nach Hause, der hat bestimmt mächtig Knast! Was wollen wir heute zum Ahmdbrot essen?«

Da riefen ihre sieben Wänster durcheinander: »Eierkuchen! Eibemme! Senfeier! Ei im Glas! Spiegelei!«

Doch die Mutter unterbrach sie und sprach: »Also, das kann ich mir ni' alles off eenma merken! Am besten mir machen Rührei, das geht am schnellsten und da is' von allem was dabei!«

Dann schickte sie ihre Kinder zum Eierholen. Das Älteste ging in den Garten zum Eierbaum und schüttelte ihn kräftig, so dass die reifen Eier umherflogen wie faules Obst bei einer misslungenen Opernpremiere. Ein anderes Kind ging in den Stall und guckte ins Nest der eierlegenden Wollmilchsau und mauste ihr drei Eier unter dem Hintern weg. Wieder ein anderes Kind ging und bat den Osterhasen, ihm ein paar Eier zu legen. Der gute Osterhase tat wie ihm geheißen, verzog angestrengt sein Mümmelgesicht und legte mit zitternden Ohren und viel Geknatter und Getöse einige bunte Eier direkt in die Hand des Kindes. Und das dankbare Kindelein sprach: »Igitt. Aber vielen Dank. Mach's atsche, Osterhase!«

So gingen alle Kindelein Eier holen, nur das jüngste kam mit leeren Händen nach Hause.

Und die Mutter wunderte sich und fragte: »Wieso hast'n Du keene Eier mitgebracht, Du Eierkopp?«

Und das Kind antwortete: »Die hab' ich beim Eierlauf verloren.«

Doch die Mutter blickte scheißgütig drein und sprach: »Halb so wild! Da können wir doch immer noch verlorene Eier machen!«

Und sie nahm ihr jüngstes Kind liebevoll auf den Arm und herzte und küsste es.

Alsbald kam der Vater Eiko Eiersalat auf seinem Fahrrad nach Hause geeiert und rief: »Ei, ei, was hab' ich Hunger! Was gibt's 'n heute? Ich kann langsam keene Eier mehr seh'n!«

»Musst Du auch nicht!«, sprach da die Mutter. »Es gibt ja schließlich Rührei, und da muss mor schon ganz genau hingucken um in der Matschepampe noch e' Ei zu erkennen!«

»Bloß gut!«, rief Vater Eiersalat, griff einen großen

Eierlöffel und begann den halben Kubikmeter Rührei hastig in sich hineinzuschaufeln. Und seine Frau und die sieben lieben eierköpfigen Kindelein taten es ihm gleich. Ei, war das ein Festmahl! Als alle eierrunde Bäuche hatten, rülpsten sie genussvoll und pupsten, dass die Butzenscheiben ihres kleinen Häuschens aus Eierkartons von innen beschlugen. Dann ging die Familie Eiersalat zum gemütlichen Teil des Abends über. Mit den übriggebliebenen Eiern spielten sie gemeinsam das lustige Gesellschaftsspiel »Ei am Kopp«, sahen im Fernsehen »Die Sendung mit dem Ei« und Vater nebst Mutter leerten wie jeden Abend gemeinsam einen Kasten Eierlikör, bevor sie ins Bett eierten.

So lebten sie tagein tagaus und es herrschten Friede, Freude und Eierkuchen. Doch sie ahnten nicht, welch düstere Zeiten sich um sie herum im dichten, dunklen Märchenwald zusammenbrauten.

Zu jener Zeit nämlich herrschten im sächsischen Märchenwald zwei böse Könige über ihre verfeindeten Reiche. Ihre Königreiche hießen »Hüben« und »Drüben«. König Siegfried regierte Hüben und König Roy regierte Drüben. Eigentlich waren die beiden Könige Blutsbrüder, doch inzwischen waren sie erbitterte Gegner. Und niemand wusste mehr so genau, warum sich die Brüder Siegfried und Roy spinnefeind waren, liebe Kinder!

Einige Historiker sagen, dass sie sich über die Frage, ob Ananas etwas auf einer Pizza verloren habe, entzweit hätten. Andere behaupten, es sei bei ihrem

Streit darum gegangen, ob weiße Tiger bei dreißig, sechzig oder fünfundneunzig Grad gewaschen werden müssten.

Beide Brüder rüsteten deshalb gegeneinander zum Kriege, doch um das Unvermeidliche vielleicht doch noch abzuwenden, rieten ihre Minister zu Friedensverhandlungen.

Also schrieb der Siegfried dem Roy einen diplomatischen Brief:

Sachema, Roy, Du alter Arsch!,
stand da in schwungvoller Schönschrift.
Was sachstn Du als Unbeteiligter zum Thema Intelligenz?

Und Roy schrieb auf einer Schriftrolle mit prächtigem Siegel zurück:

Wer das liest, ist doof!

Siegfried antwortete:

Deine Tischtennisplatte hat beim Chinesisch ooch ziemlich nahe an der Wand gestanden, oder?

Und sein Bruder Roy gab gewitzt zurück:

Genau wie Deine Schaukel, Du Spacko!

So ging es einige Zeit zwischen den zänkischen Brüdern hin und her und so langsam konnte man annehmen, dass ihre sensiblen Annäherungsversuche gescheitert waren.

In dem kleinen, schiefen Häuschen aus Eierkartons, in dem die Familie Eiersalat auf der einzigen Waldeslichtung zwischen den beiden Königreichen Hüben und Drüben wohnte, bekam man von alldem nichts mit, denn die ganze Familie sah im Märchenfernsehen nur »Die Sendung mit dem Ei«, spielte »Ei am Kopp«, trank Eierlikör und löffelte Rührei, bis allen schlecht war. Und die sieben Kindelein machten fleißig Hausaufgaben, bis ihnen die Eierköpfe qualmten und sie bekamen in ihren Zeugnissen ausgezeichnete Eierkopfnoten.

Derweilen hatten die bösen Könige ihre mächtigsten Generäle herbeigerufen: Die hießen Backbert und Steuerbert. Und obwohl es ihnen eigentlich vollkommen wurscht war, ob Ananas auf eine Pizza gehörte und bei welcher Temperatur weiße Tiger gewaschen werden mussten, war es ihr Beruf, sich gegenseitig zu hassen und das taten sie dann auch täglich von neun bis siebzehn Uhr.

Eines Tages erteilten die bösen Könige Siegfried und Roy den Befehl zum Kriege. Da ging ein großer Jubel durch das geteilte Märchenvolk. Und am lautesten jubelten die, die zu alt oder zu bescheuert für den Wehrdienst waren. Alle anderen wurden zum Militär eingezogen, egal, ob sie Fußpilz oder Schnupfen hatten. Wer noch mindestens ein Bein hatte, musste in die Kaserne hüpfen.

Dann holten die Generäle Backbert und Steuerbert ihre furchterregenden Gulaschkanonen aus dem Geräteschuppen und führten ihre Armeen ausgerechnet zu der Lichtung, auf der das aus Eierkartons erbaute, schiefe Häuschen der Eiersalats stand. Die ahnten nichts von dem unvermeidlichen Unglück, das auf hunderttausenden Stiefeln auf sie zutrampelte. Und die Soldaten, die im Gleichschritt zur Lichtung marschierten sangen wie aus einer Kehle: »Links, Links, hinterm Hauptmann stinkt's ...«

Nur einer, der eine rosa Uniform trug, tanzte aus der Reihe und sang: »Ein bisschen Frieden ...«

Doch er bekam von seinen Kameraden dafür sogleich eine All-you-can-eat-Portion Regimentskeile.

Bald darauf stellten sich die gewaltigen, blutwurstrünstigen Armeen der verfeindeten Königreiche Hüben und Drüben auf beiden Seiten der friedlichen Märchenwaldeslichtung auf, die sie sich als Schlachtfeld auserkoren hatten. Einen anderen Platz für eine Schlacht gab es im ganzen sächsischen Märchenreich nicht, denn überall sonst war Wald, doch den sah man vor lauter Bäumen nicht.

Die Generäle Backbert und Steuerbert warteten nur auf den Befehl der Könige Siegfried und Roy, um mit dem Angriff zu beginnen.

Ganz vorne standen die Geigenbogenschützen und ein einziger Schuss von ihnen hätte genügt, um den Himmel mit einer Wolke von Pfeilen zu verdunkeln und das schiefe Häuslein aus Eierkartons in Grund

und Boden zu fiedeln. Dahinter hatten sich in langen Reihen die Soldaten mit abstehenden Ohren aufgestellt und waren bereit, zu einem furchterregenden Lauschangriff überzugehen. Hinter diesen Kriegern standen die einberufenen Chirurgen und Chefärzte in ihren keimfreien Uniformen und warteten zähnefletschend auf den Beginn ihrer Sonderoperation.

Da die bösen Könige Siegfried und Roy ihr gesamtes Sondervermögen für die sinnlose Aufrüstung verschwendet hatten, mussten sie sich aus Kostengründen ein gemeinsames Lagezentrum teilen. Dort saßen sie fünf Minuten vor Kriegsbeginn an einem viel zu langen Tisch gegenüber und beäugten sich feindselig. Der Verhandlungstisch war nämlich aus Pinocchioholz geschnitzt, und jedesmal, wenn an ihm eine Lüge erzählt wurde, wuchs er um ein paar Zentimeter. So war der Tisch von einem kleinen Couchtisch auf neunundvierzig Meter Länge angewachsen.

König Siegfried sprach: »Zweehundort Puls habbe ich, balde, doooo!«

Und König Roy knurrte: »So eine Scheiße mit dor Scheiße! Dor rote Knopp hier – soll ich da droffdrücken, oder was?«

»Momente ma', ni' so schnell!«, antwortete König Siegfried. »Ich will viellei' ooch in die Weltgeschichte eingeh'n! Ich drücke zuerscht!«

»Niemals!«, tobte Roy »Los! Schnick, Schnack, Schnuck! Wer gewinnt, darf drücken!«

König Siegfried war's zufrieden und sie spielten Schnick, Schnack, Schnuck, wer den roten Knopf zuerst drücken dürfe. Doch weil sie eineiige Zwillinge waren, gab es erst einmal dauernd unentschieden.

»Schere!«, rief König Siegfried auf einmal.

»Scheiße! Papier. Ich hab' verloren«, gab König Roy kleinlaut zu.

Schon reckte der böse König Siegfried sein ausgestrecktes Mittelfingerlein zum roten Knopf, um die totale Vernichtung des sächsischen Märchenwaldes zu befehlen.

Doch da flog auf einmal die sieben Meter hohe goldene Türe des Lagezentrums auf und herein kam der Gefreite Elon Musketier und rief: »Heehee, heheeee, heheeeee …« So sehr war er außer Atem, liebe Kinder.

»Ich verstehe kein Wort!«, sprach König Roy. »Hast Du was verstanden, Siggi?«

König Siegfried schüttelte den Kopf. »Nee, gornüscht.«

Und Elon Musketier hub erneut an zu sprechen: »Heeeheeee, heeeee, heeee …«

»Also jetzt raus mit der Sprache! Wir ham unsere Zeit ni' an dor Losbude geschossen!«, tobte König Roy.

Und Siegfried herrschte den japsenden Elon an: »Genau! Für uns is' ooch die sechste Stunde! Wir woll'n ooch bloß heeme! Also was is'n nu?«

»Haaa … haaaaa … haltet ein, liebe, böse Könige! Ich hab' gerade nochema das Schlachtfeld inspiziert!«

»Na und? Irgendwelche besonderen Vorkommnisse?«, fragten beide Könige wie aus einer Kehle.

»Ja. Das könnt Ihr doch ni' machen! Da wohnen doch Leute! Genau dorte, wo Ihr gerade Euern schönen Krieg machen wollt, da steht e' schiefes Häusel aus Eierkartons. Und da drinne hockt die liebe Familie Eiersalat mit ihren sieben Kindern. Und die sind glücklich und wenn Ihr da jetzt Scheiße baut, dann geht doch denen ihr ganzes Glück kaputt!«

»Ouh!«, sprach König Roy. »Dann geht das ja gor ne!«

Und König Siegfried sagte: »Na ehmd, dann lassen mir das ma' lieber, mit dem Krieg! War sowieso 'ne Scheißidee, wennsde mich fragst!«

»Na und nu'?«, fragte König Roy ratlos.

Und König Siegfried sagte: »Nüscht un' nu'. Mir gehn nach Hause. Ich hab' sowieso noch e' paar weiße Tiger ze waschen.«

»Alles klar, Siggi – und ich bestell mir 'ne Pizza Hawaii!«, sagte König Roy und griff zum roten Telefon.

Und so musste der schöne Krieg leider ausfallen, was jeder vernünftige Mensch begreifen wird.

Das Kräutlein Nieselpriem

*E*s war einmal vor sehr, sehr langer Zeit, als der Diesel noch unter zwei Euro kostete und das Speiseöl noch nicht mit purem Golde aufgewogen werden musste, da lebte der zwölfjährige Atomfried Pfützenreiter im beschaulichen Badautzen, wo die Sorben bunte Eier legen.

Sein Vater Senf-Uwe Pfützenreiter arbeitete als Waldmeister in der Brausefabrik. Dort hatte er sein Weib Pepsi-Carola kennengelernt, die auf dem Marktplatz von Badautzen einen Marktstand betrieb, wo sie tagein, tagaus Nippes, Plunder, Gedöns, Schruuz, Firlefanz, Gelumpe, Schnickschnack und Petersilie feilbot.

Der kleine Atomfried war ein überwiegend liebes Kind, vor allem wenn er schlief. Stets musste er seiner Mutter Pepsi Carola am Marktstand helfen und trug ihr die schweren Kisten mit Nippes, Plunder, Gedöns, Schruuz, Firlefanz, Gelumpe, Schnickschnack und Petersilie vom Lastenfahrrad zum Marktstand.

Jedesmal, wenn seine Mutter ihn morgens zärtlich weckte, ihm sanft seine goldenen Haare aus der Stirn strich und engelsgleich zu ihm sprach »Komm, mein kleiner Atomfried, heute ist wieder Markttag, steh nur rasch auf, sieh nur, wie die Sonne über uns lacht!«, da erwiderte er frohen Mutes: »So eine

Scheiße mit dor Scheiße, ich will Playstation zocken, lass mich in Ruhe, Mutti!«

Doch seine gütige Mutter lächelte nur, denn sie wusste, dass ihr kleiner, süßer Atomfried ein explosives Gemüt hatte.

Wie sie nun eines schönen Tages wieder auf dem Wochenmarkt zu Badautzen standen und immerfort riefen »Nippes, Plunder, Gedöns, Schruuz, Firlefanz, Gelumpe, Schnickschnack und Petersilie!«, da kam eine alte Frau dahergewackelt, die war so hässlich wie ein Trafohäuschen um Mitternacht und brummte genauso vor sich hin. Ihr Gesicht war vom vielen Botox so glatt wie ein Babyhintern und ihre Lippen waren so dick wie ein Schlauchboot auf dem Cospudener See. Ihre pergamentdünne Haut war von vielen Operationen bis zum Zerreißen gespannt, und wenn sie sich bückte ging deshalb unfreiwillig ihr Mund auf. So hässlich war sie, liebe Kinder!

Die Alte war mit billigen Klunkern aus dem Shopping TV behangen und trug einen Pelzmantel aus genau deswegen ausgestorbenen Tieren. Sie schlurfte mit ihrem fünfhundert PS Rollator an den Marktstand heran und sprach: »Äh!!! Was 'n das hier! Das is' doch alles Nippes, Plunder, Gedöns, Schruuz, Firlefanz, Gelumpe, Schnickschnack und Petersilie!«

Und dabei grabbelte sie alle Ware mit ihren gichtigen, gepuderten Kackpratzen an und zerdrückte dabei all die schönen Petersiliensträußchen, die die Pepsi-Carola liebevoll mit Gummis zusammengebunden hatte.

Als der kleine Atomfried das sah, begann er gefährlich zu ticken, es zischte und rumorte, es rumpelte und pumpelte in ihm, er lief so knallrot an wie der Gregor Gysi, und dann explodierte er und rief: »Sachema geht's noch? Nimme Deine alten, blöden Gichtgriffel aus der Auslage, Du rostige Schnarchwaffel! Meine Mutti hat drei Jahre ihr'n Bachelor in Floristik gemacht, um die Petersiliensträußchen so hinzekriegen! Schere Dich, wo de kommst, Du hässliche Schabracke, sonst gladschd's, aber keen Beifall!«

»Das is' ja ein lieber Junge!«, sprach die Alte und wackelte mit dem Kopfe, wie es in Grimms Märchen die Hexen immer tun, obwohl niemand weiß warum. »Der kann mir ja gleich meine Einkäufe nach Hause tragen! Ich hätte gerne Nippes, Plunder, Gedöns, Schruuz, Firlefanz, Gelumpe, Schnickschnack und Petersilie!«

Da packte die Mutter alles ein, was das alte Weib verlangte, und belud den kleinen Atomfried mit all dem Nippes, Plunder, Gedöns, Schruuz, Firlefanz, Gelumpe, Schnickschnack und der Petersilie.

Im Hexenplattenbau der Alten angekommen, war der kleine Atomfried vom vielen Schleppen so müde, dass die Alte sprach: »Ich will Dir ein Süpplein einbrocken, dass Du so schnell nicht vergisst, Du cholerisches Frettchen!«

»Hä? Was hast Du gesagt?«, fragte gähnend der Atomfried.

Und die Hexe beeilte sich zu sagen: »Ich will Dir ein Süpplein kochen, dass Du schnell wieder bei Kräften bist und dann geht's ab ins Bettchen!«

Da war's der Atomfried zufrieden, und als die alte Hexe ihm Löffel und Suppenteller brachte, da warf er den Löffel über die Schulter und trank den Teller in einem Zuge aus. Was der kleine Junge nicht wusste war, dass die Alte das Süpplein mit dem Zauberkräutlein Nieselpriem gewürzt hatte, das neben chronischer Verhexung und anhaltender Verwünschung auch zu schweren Halluzinationen führen kann. Da wurde es dem kleinen Atomfried so schwummerig wie einem Jägermeister nach zwölf Jägermeistern. Vor seinem leiernden Auge war ihm auf einmal, als hätte sich all der Nippes, Plunder, Gedöns, Schruuz, Firlefanz, Gelumpe, Schnickschnack und die Petersilie auf einmal in Eichhörnchen verwandelt, die der Alten den Haushalt machen mussten.

Und die Eichhörnchen sangen dabei immerzu: »Olé, wir fahr'n im Bus nach Barcelona, olé, olé!«

Und der Junge, der schon in einem tiefen Traume war, murmelte: »Sachema Mutti, was is'n eigentlich e' Bus?«

Und seine liebe Mutti Pepsi-Carola, die ihn auch in seinen Träumen nie verließ, sprach zu ihm: »Bus? Ich versteh die Frage nich'! Meines Wissens wird der Bus erscht in circa zweehundert Jahren erfunden. Und nu' schlafe recht schön, mein kleiner Atomfried!«

Da träumte der kleine Atomfried sieben Jahre lang, dass die verhexten Eichhörnchen ihm das Kochen beibrachten. Er träumte tagein, tagaus, dass er die leckersten Pastetchen, Süppchen, Würzfleischchen, Spiegeleichen und Eisbeinchen zubereitete und zwar aus Nippes, Plunder, Gedöns, Schruuz, Firlefanz, Gelumpe, Schnickschnack und Petersilie.

Nach sieben Jahren erwachte der kleine Atomfried und dachte bei sich: »Junge, Junge! Habe ich lange geschlafen! Tiefer als in der Mathestunde! Meine Mutti fragt sich bestimmt schon, wo ich bleibe! Macht's atsche, Eichhörnchen! Ich mache los!«

Da entfleuchte er durch die Katzenklappe, ohne dass die alte Hexe etwas bemerkte, und dabei fiel ihm gar nicht auf, dass zwölfjährige Jungen in der Regel gar nicht durch die Katzenklappe passen.

Bald klingelte er am Hause seiner Eltern und rief: »Hallo! Ich bin's! Euer lieber Atomfried ist wieder da!«

Und als die Mutter Pepsi Carola die Türe öffnete, da sah sie ihn und rief erfreut: »Ähhhh! Schere Dich weg, Du hässlicher Vochel! Mir koofen nüscht!« Und sie knallte ihm die Türe aus Eichenholz vor seiner riesigen Nase zu.

Da wunderte sich der Atomfried, dass seine liebe Mutti ihn nicht so herzlich empfangen hatte wie sonst, und er zog sein kleines Spieglein aus der Tasche und sah sich an.

Oh weh, liebe Kinder! Was musste der kleine Atomfried da sehen! Die böse Alte hatte ihn verhext, so dass er abstehende Ohren hatte wie ein Segelflugzeug bei Windstärke zwölf.

Jetzt erkannte er auch, warum er, ohne sich einzufetten, durch die Katzenklappe gepasst hatte, denn er war tatsächlich in einen Zwerg verwandelt. Und in seinem pickligen Gesicht prangte ein gewaltiger

Riechzinken, so als hätten Ingolf Lück, Thomas Gottschalk, Mike Krüger und Pinocchio auf eine Nase zusammengelegt!

Da weinte der kleine Atomfried so bitterlich, dass seine Tränen tropften wie der kaputte Kühler eines klapprigen Moskwitsch.

Und so irrte der kleine Zwerg Atomfried sieben Tage und sieben Nächte, sieben Stunden, sieben Minuten und sieben Sekunden alleine durch die sächsische Märchenbotanik, bis er auf einmal an einem riesigen, prächtigen Palast ein Schild sah. Darauf stand in großen lila Leuchtbuchstaben: »Koch gesucht!«

Dem Schnitzelkönig Karl Eduard von Schnitzel war nämlich der Chefkoch entlaufen, weil er keine Schnitzel mehr sehen konnte.

Der Atomfried dachte bei sich: »Ei, trefflich! Kochen kann ich! Das ham mir doch die bescheuerten Eichhörnchen beigebracht! Ich kann aus Nippes, Plunder, Gedöns, Schruuz, Firlefanz, Gelumpe, Schnickschnack und Petersilie die leckersten Schnitzel machen!«

Da klingelte er am Schnitzelpalast und bat die Wachen, zum Schnitzelkönig Karl Eduard von Schnitzel vorgelassen zu werden. Die Palastsecurity, die so breit war wie eine Schrankwand mit Vitrine und so dämlich wie ein Schnitzel mit Pommes, lachte nur über den Zwerg mit der riesigen Nase und ließ ihn passieren, denn sie hatte seit der Kündigung des Chefkochs nur gebratene Kellertreppe, Pferdeapfel mit Erdbeeren oder Schnitte mit Brot gegessen.

Da machte der Schnitzelkönig den Atomfried sogleich zum neuen Chefkoch und fragte: »Wie heeßt'n Du eigentlich, mein Junge?«

Da sprach der Atomfried: »Ich heiße Atomfried, Euer Hochwürden!«

Doch der Schnitzelkönig erwiderte: »Was is denn das für ein bescheuerter Name? Gibt's da nüscht treffenderes?«

Und der Atomfried sprach: »Nuja, wenn's unbedingt sein muss, nennt mich doch einfach: Zwerg Nase!«

Doch der Schnitzelkönig winkte ab: »Näää, das kann ich mir erscht recht ni' merken! Ich nenne Dich einfach Petersilienkasper! Und jetzt ab in die Küche mit Dir, heute Abend kommt der Papst mit seiner Frau zum Abendessen, da woll'n wir Gänseleberpastete essen!«

Da musste der Atomfried auf den Markt gehen und drei Gänse kaufen. Und wie er mit dem Federvieh unter dem Arm auf dem Rückweg war, da sprach die eine Gans zu ihm: »Halt ein, Atomfried! Du darfst mir nich' die Leber rausnehmen! Ich bin nämlich in Wahrheit gar keene Gans! Ich bin doch eine verwunschene Königstochter!«

Doch der Atomfried erwiderte: »Verarschen kann ich mich selbor! Sprechende Gänse gibt's doch nur im Märchen!«

Doch die Gans fuhr fort: »Was denkste denn, wo mir hier sin', Du Depp!«

Da fiel es dem Atomfried wie Schuppen aus den Haaren und er schlug sich mit der flachen Hand auf die Stirn und sagte: »Aua. Das war bissel feste. Aber wo de recht hast, haste recht!« Und er glaubte ihr alles.

Als er wieder in der Palastküche ankam, da hatte er eine WhatsApp-Sprachnachricht vom Schnitzelkönig auf dem Handy, die da lautete: »Passe ma' off, Petersilienkaschper! Wenn das mit dor Pastete ni' klappt, is' die Rübe aber ab! Nur dass das ma' klar is!«

»Ach, Du Scheiße!«, sagte da der kleine Atomfried alias Petersilienkasper, denn die Eichhörnchen hatten ihm von siebentausensiebenhunderundsiebenundsiebzig Rezepten nur siebentausensiebenhundertsechsundsiebzig beigebracht, denn kurz vor der Gänseleberpastete war er aufgewacht und abgehauen.

In seiner Not fragte er die sprechende Gans: »Sachema, Du bist doch 'ne Gans, weeßt Du zufällig, wie Gänseleberpastete geht?«

Und die Gans sagte: »Zufällig weiß ich's, denn das Rezept erzählen wir Gänse uns im Ferienlager am Lagerfeuer als Gruselgeschichte! Da halten wir uns von unten de Taschenlampe an den Schnabel und dann scheißen mir uns ins Gefieder vor Angst!«

»Raus mit der Sprache, sprechende Gans! Hier geht's um alles! Ich hab' keene Lust den Rest meines Lebens mit'm Kopp unterm Arm rumzeloofen! Also: Was brauch ich alles?«

Und die sprechende Gans sprach: »Als erschtes brauchst Du mal 'ne Gänseleber. Aber nich' meine, nur damit Du nich' off blöde Gedanken kommst. Und als Gewürz brauchst Du das Kräutlein Nieselpriem, sonst schmeckt die ganze Pastete wie Turnschuh!«

»Und wo wächst der Mist?«, fragte der Petersilienkasper ganz ungeduldig.

»Das wächst hinter den sieben Bergen, bei den sieben schwer erziehbaren Zwergen! Mir nach!«

Da rannten die beiden so schnell sie ihre Gänsefüßchen trugen und sie fanden bald in einem Wald hinter den sieben Bergen das Kräutlein Nieselpriem, das auf einem würzigen Kuhfladen blühte.

»Na, ich weeß ja nich' …«, sagte der Petersilienkasper alias Atomfried und rümpfte seine riesenhafte Zwergennase.

Er pflückte das Kräutlein mit spitzen Fingern und als er es mit seinem gigantischen Zwergenzinken beroch, da kam ihm der Geruch seltsam bekannt vor.

Und er sprach: »Also, wenn de mich fragst, das riecht ja genau wie das Dixieklo auf der Baustelle hinter unserm Haus!«

Doch die Gans sagte: »Gib her, Du Stoppelhopser! Das muss mor ooch erschtema abwaschen! Wozu entspringt'n hier 'ne sprudelnde Quelle mit stillem Mineralwasser?«

Und sie wusch das Kräutlein Nieselpriem vom Kuhfladen rein.

»So da riechste jetze nochma dran, aber schnell, ich will ooch bloß heeme!«, sagte die sprechende Gans.

Und als der Petersilienkasper nun daran roch, da erkannte er das Kräutlein wieder, denn es war die verzauberte Zutat in der Suppe der Hexe gewesen, die ihn in einen siebenjährigen Traum mit bescheuerten Eichhörnchen hatte verfallen lassen.

Und da wurde er von der Verwünschung befreit und in den kleinen Atomfried zurückverwandelt. Und seine Nase schrumpfte wieder und er bekam seine natürliche Größe zurück. Nur die abstehenden Segelohren blieben ihm, denn die hatte er vorher auch schon gehabt.

Und auch die sprechende Gans wurde vom Fluch erlöst und verwandelte sich wieder in eine schöne Königstochter!

Da freuten sich die beiden und hielten sogleich Hochzeit, und sie lebten zusammen in Glück und Harmonie und tun das bis heute, bis die Gänseleberzirrhose sie scheidet.

Liebling, ich habe
den Riesen geschrumpft

*E*s war einmal, vor langer, langer Zeit, als Corona noch ein Maisbier aus der mexikanischen Märchenwüste war, da lebte in Mühlhausen im Königreich Bad Elster-Herzegowina der Müller Paul Pumpernickel in seiner klapprigen Mühle am rauschenden Bach.

Eines Tages sprach seine Frau zu ihm: »Ach, wenn wir nur ein Kindelein hätten, so rot wie Blut, so weiß wie Schnee und so schwarz wie unser Konto in der Schweiz! Das wäre schön! Dann müsste ich ooch die ganze Scheißhausarbeit nich' immer alleene machen!«

Da besann sich der Müller Pumpernickel und gebar ihr ein Kindelein.

Und seine Frau sprach: »Das wär' jetzt eigentlich mein Job gewesen, aber von mir aus!«

Und sie war's zufrieden und ihr Mann sprach: »Aua. Das hat jetzt aber ganz schön weh getan. Kann ich ma' bitte zwei Aspirin und 'n Eisbeutel haben?«

Und die Mutter nahm das Kindelein an, als wär's ihr eigenes. Und weil der rauschende Bach den ganzen Tag an der Mühle vorbeiklapperte, da nannten sie es Forelle.

Die Forelle wuchs heran und wurde ein wunderschönes Mädchen. Sie hatte so volle Lippen wie ein glotzäugiger Karpfen, ihre Stirn war so flach wie eine

Flunder und aus ihren goldenen Haaren rieselten die herrlichsten silbernen Schuppen. Sie hatte grazile Flossen und gerade Gräten und war so knusprig, dass alle sie nur die Forelle Müllerin nannten.

Eines Tages las der Müller Paul Pumpernickel nach getaner Arbeit die Kleinanzeigen in der Leipziger Volksmärchenzeitung. Dort hatte der König Gernulf Gemüse der Vitaminreiche eine riesengroße, schnörkelige Anzeige aufgegeben.

»Alle ma' hergehört!«, stand dort in goldenen Buchstaben. »I bims, der König Gemüse, aus'm Konsum in der Scharnhorststraße. Ich suche für meinen Sohn, den schönen Prinzen Julienne Gemüse ein holdes Eheweib, dass ooch geschmacklich bissel zu ihm passt. Bei erfolgreicher Eheschließung gibt's mei' halbes Königreich dazu, spätere Heirat nich' ausgeschlossen.«

Der Müller Pumpernickel schlug die Zeitung zu und rief: »So machmor's! Forelle! Du heiratest!«

Und er warf sich sein Töchterlein wie einen Sack Mehl über die Schulter und galoppierte mit ihr auf seinem treuen E-Esel Tesla mit quietschenden Hufen zum König Gemüse direkt in die Gemüseabteilung vom Konsum Scharnhorststrasse.

Dort thronte König Gernulf Gemüse der Vitaminreiche auf seinem Thron aus goldenen Bananenkisten. Da warf ihm der Müller Pumpernickel seine knusprige Tochter Forelle vor die Füße und rief: »Hier Chef! Das is mein schönstes Töchterlein! Die wär doch was für Deinen Dschungen!«

Und der König Gemüse war hocherfreut, prüfte

wohlwollend das Verfallsdatum der schönen Forelle und rief dann seinen Sohn: »Julienne! Komme ma' her, Du Lauch! Jetzt wird geheiratet, aber schnell, es is' glei' Ladenschluß und ich will ooch bloß heeme!«

Da eilte der schöne Prinz Julienne Gemüse herbei und als er die schöne Forelle Müllerin erspähte, da ward sein Herz vor lauter Liebe gedünstet. Und auch die knusprige Forelle glänzte vor Glück, als wäre sie gerade in Butter geschwenkt worden.

»In 'ner halben Stunde gibt's Abendessen … äh … in 'ner halben Stunde wird geheiratet!«, rief König Gemüse und alle freuten sich wie in einem kitschigen Rosamunde-Pilcher-Film.

Nun begab es sich aber, dass am Hofe des Königs Gemüse der böse spitzbärtige Zaubergnom Rolfo Zacharias als Fernsehkoch arbeitete, wenn er nicht gerade alberne Werbung für Spülmittel machte.

Der Rolfo Zacharias hatte auch eine Tochter, die er dem schönen Prinzen Julienne Gemüse ebenfalls gerne verheiratet hätte. Doch diese Tochter war klein, rund und schmutzig und hatte einen roten Spitzbart wie ihr Vater und zwar den ganzen Rücken runter. Und weil sie eine Figur wie eine runzlige Erdknolle hatte, so hatte er sie auf den Namen Kartoffel getauft.

Und der spitzbärtige Zaubegnom Zacharias sprach zu sich: »Nüscht is' mit Heiraten! Das Süpplein will ich Euch versalzen, Ihr Arschgeigen! Wenn der Julienne Gemüse wen heiratet, dann ja wohl mein festkochendes Töchterlein Kartoffel und nich' diesen dahergelaufenen, panierten Fisch!«

Und er ging in seine kleine Zaubergnomenküche und rührte einen giftigen Trank in einem rostigen Kessel zusammen, dass es nur so stank. Dabei sprang er um den Kessel herum und rief: »Heute back ich, morgen brau ich ... ach Scheiße, falsches Märchen!« Dann besann er sich und fuhr fort:

»Spinnenfuss und Krötenbein,
Novitschok und Nasenschleim,
Fledermauscoronakeim ...
jetzt fällt mir kein Reim mehr ein!«

Und er rührte in dem Kessel sieben Mal nach rechts und sieben Mal nach links, bis er einen Tennisarm hatte.

Und als der König Gemüse mit seinem Sohn Julienne Gemüse und seiner zukünftigen Schwiegertochter Forelle Müllerin schon an der festlich geschmückten Tafel in der Gemüseabteilung im königlichen Konsumpalast Scharnhorststrasse saß, da servierte ihnen der Rolfo Zacharias den giftigen Trank als Hochzeitssüppchen. Weil alle Knast hatten wie siebenhundert sächsische Kranfahrer, soffen sie gierig ihr Süppchen in einem Zuge aus.

Nur Prinz Julienne Gemüse mochte keinen Spinnenfuß, kein Krötenbein, kein Novitschok und auch keinen Nasenschleim, weil er Vegetarier war. Deshalb goss er sein Süpplein heimlich in die Blumenvase. Alsbald fielen alle am Hofe in einen hundertjährigen Schlaf und verwandelten sich in lauter Blumenkohlköpfe, und auch die Tulpen in der Blumenvase verwandelten sich in gelbe, holländische Kohlköpfe.

Als der Prinz Julienne Gemüse die ganze Bescherung sah, da sprach er: »So eine Scheiße mit dor Scheiße! Zweehundort Puls habbe ich balde, dooo! Da hat doch widdor eenor geschlampt! Da hat doch widdor eenor sein Job ne' gemacht! Meine schöne, knusprige Forelle Müllerin hat sich in einen schnarchenden Blumenkohl verwandelt! Was mach ich'n jetze bloß?«

Da holte der Prinz sein Handy heraus und googelte erstmal das Stichwort Blumenkohl. Ei, liebe Kinder, gab es da viele Einträge: Blumenkohl gedünstet, Blumenkohl gebraten, Blumenkohl paniert, Blumenkohl mit Buttersemmelbröseln, Blumenkohl mit Blumenkohl und Blumenkohl mit Helmut Kohl.

»Nää, so wird das nüscht!«, sprach da der Julienne Gemüse und in seiner Verzweiflung wählte er den Märchennotruf der Gebrüder Grimm.

Alsbald meldete sich Märchenbruder Jakob. »Herzlich willkommen bei der Servicehotline der Gebrüder Grimm, jetzt für günstige zweehundort Märchentaler die Minute, was können wir für Sie tun?«

Da sprach der Julienne Gemüse: »Mein Märchen is total aus 'm Ruder geloofen! Wie e' Tatort mit 'm Jan Josef Lieferdienst! Und hier schlafen jetzt alle!«

Da gaben sich die Gebrüder Grimm Five und lachten. »Das is doch kee Wunder, bei 'nem Tatort mit Jan Josef Lieferdienst!«

Und als sich die Gebrüder Grimm wieder eingekriegt hatten, fuhr Jakob fort: »Aber ma' Spaß beiseite! Seh'n die zufällig alle aus wie Blumenkohl?«

Der Julienne Gemüse rief: »Ja genau! Wie sinnloser, geschmackloser Blumenkohl!«

Und der Jakob Grimm blätterte in seiner Märchengebrauchsanweisung und sprach: »Ja, das wäre in dem Fall jetzte normal. Die sind vom bösen Zaubergnom vergiftet worden, weil der seine Tochter Kartoffel nich' unter die Haube kricht. Kann das ungefähr hinkommen?«

»Jaaa!«, rief der Julienne Gemüse. »Genau so war's! Aber was kammor da jetze machen, weil ich will ooch bloß heeme, wissense?«

Und der Jakob strich sich seinen Bart, dass die Läuse in alle Richtungen davonsprangen, und sagte: »Also, das is' zumindest keen technischer Defekt an dor Märchenmatrix. Insofern wäre das jetze ooch keen Garantiefall. Auf Wiederhör'n!«

»Haaaaalt!«, rief der Julienne Gemüse verzweifelt. »Das Gespräch wird erscht beendet, wenn der Bürger fertig is'! Was soll ich'n jetze machen, hä?«

Und der Märchenbruder Jakob sprach: »Da geh'n se ma' am besten zur Knusperhexe Knusperhaxe, die hat e' Zauberdiplom, die kann Flüche, Verwünschungen und Vergiftungen reparieren!«

Und im Telefon von Prinz Julienne Gemüse machte es nur noch »Tuuuuuuut«.

Da schnappte sich der Prinz Gemüse den treuen E-Esel Tesla, der gerade an der Haferladesäule hing, und ritt schnell zum Lebkuchenhäuslein der Knusperhexe Roswitha Knusperhaxe und klingelte.

Und die Knusperhexe Knusperhaxe meldete sich über die Gegensprechanlage: »Knusper, knusper, knäuschen, wer klingelt an meinem Häuschen!?«

Und als der Prinz Gemüse ihr die Geschichte erzählt hatte, was am Hofe passiert war, da strich sich die Hexe bedächtig den Bart auf ihrer Warze am Kinn und sprach: »Um Dein feines Liebchen wiederzubekommen und vom Blumenkohlfluch zu erlösen, musst Du eine von drei Aufgaben erfüllen!«

»Geht los, Frau Knusperhaxe, was soll ich tun?«

»Du könntest zum Beispiel ma' Dein Zimmer offräumen!«, sprach die alte Hexe.

»Or nää! Das is' ja ätzend! Haste nich' was anderes?«, fragte der Prinz.

»Du könntest auch den furchterregenden Riesen Rüdiger Rübennase besiegen, der im sächsischen Märchenwald sein Unwesen treibt!«

Doch der Prinz erwiderte: »Or, neje! Ich bin doch nich' lebensmüde! Was is'n es Dritte?«

»Zivilisiere den russischen Bären!«, sprach die Hexe und der Prinz rief: »Orrrr! Kann ich bitte die erschten zwei nochma' hör'n?«

Und nach langem Hin und Her entschied er sich dafür, mit dem furchterregenden Riesen Rüdiger Rübennase zu kämpfen.

Und so machte sich der Julienne Gemüse auf nach Riesa-Herzegowina, zum Riesen Rüdiger Rübennase, der dort im riesigen Riesacenter auf seinem Riesenhügel wohnte und immer schlechte Laune hatte.

Prinz Julienne Gemüse trat keck vor den Riesen hin und sprach: »Dein letztes Stündlein hat geschlagen, Du riesiger Riese von Riesa! Du Riesenrindvieh!«

Und als der Riese den winzigen Gemüseprinzen vor sich sah, da lachte er mit donnergrollender Stimme und erhob sich und war so hoch wie ein Kirchturm.

»Wie willst Du mich besiegen, Du Lauch!«, rief er und bewarf den Julienne Gemüse mit zweistöckigen Doppelhaushälften.

»Oh, Scheiße!«, sagte der Prinz und hatte seine liebe Not, den heranfliegenden Gebäuden auszuweichen. Doch weil er im Vergleich zum Riesen so klein war, so huschte der Prinz immer wieder durch seine riesigen Beine hindurch und sagte »Nix getroffen, Schnaps gesoffen!« und »Daneben, Du Spacko!«

Als der Riese keine Doppelhaushälften mehr zum werfen fand, da zog er seinen riesigen Stiefel aus und warf ihn nach dem Prinzen. Doch weil sich der Prinz wieder im letzten Moment wegducken konnte, da flog der Riesenstiefel bis nach Leisnig-Herzegowina, wo man ihn heute noch im Stiefelmuseum auf Burg Mildenstein bestaunen kann, liebe Kinder.

Der Riese Rüdiger Rübennase wurde immer wütender und weil ihm der flinke Prinz immer wieder entwischte wie eine lästige Mücke, da wollte er den großen, künstlichen Baum aus Metall herausreißen, der neben dem Riesenhügel in Riesa steht, um ihn als Fliegenklatsche zu verwenden.

Doch als sich der Riese zu dem Blechbaume umdrehte, da sah der Prinz Julienne Gemüse, dass der Riese einen Stöpsel im Hintern hatte neben dem geschrieben stand: »Bloß nich' rausziehen!«

Da dachte der Prinz: »Bin ja mal gespannt, was

passiert, wenn ich den Stöpsel rausziehe!« Und er griff nach dem Kettchen, das von dem Stöpsel baumelte, und zog daran, so stark es seine lauchdünnen Ärmchen erlaubten. Und auf einmal löste sich der Stöpsel mit einem lauten »Plopp«.

Der Riese Rüdiger Rübennase blieb wie angewurzelt stehen, es rumpelte und pumpelte, es rappelte und pappelte, es flatterte und knatterte und dann hupste und pupste es und der Riese hob ab und nudelte und trudelte wie ein undichter Luftballon kreisend durch die Luft.

Er schrumpfte und pumpfte zusammen, dass es eine wahre Pracht war. Alsbald war der Riese nur noch einen Meter zwanzig groß und ganz verschrumpelt. Und der Riese rief mit hoher Stimme: »Das sag ich den Gebrüdern Grimm!« Und er nahm Reißaus und ward nie wieder gesehen.

Und so hatte der Prinz Julienne Gemüse den Riesen von Riesa besiegt und rannte mit glühenden Sohlen so schnell er konnte in den prächtigen Gemüsesaal vom Konsumpalast Scharnhorststraße.

Dort waren alle wieder vom Fluch des bösen Zaubergnoms erlöst worden und hatten sich bereits wieder von Blumenkohlköpfen in Menschen zurückverwandelt. Nur die Blumenkohlohren waren ihnen geblieben. Ei, liebe Kinder, da könnt Ihr Euch vorstellen, wie sich alle gefreut haben!

Und die Forelle Müllerin rief: »Ei, nee, wie haste das bloß hingekricht, Julienne?«

Und der Julienne antwortete stolz: »Liebling, ich habe den Riesen geschrumpft!«

Und Gemüse Julienne und Forelle Müllerin vermählten sich zu einer glücklichen, schmackhaften Mahlzeit. Und sie feierten sieben Tage und sieben Nächte und als sie in der Hochzeitsnacht gemeinsam auf ihrem Teller lagen, da beträufelte der schöne Prinz Julienne Gemüse die Forelle Müllerin mit Zitrone.

Dieses Buch basiert auf Sachsens lustigstem Podcast:

**Die RADIO PSR Sinnlos-Märchen
mit Steffen Lukas**

Alle bisherigen Geschichten
und immer neue Folgen hören Sie auf
www.radiopsr.de und in der mehrPSRApp.

Scannen Sie mit der Kamera Ihres Smartphones
einfach diesen QR-Code und schon geht's los.

Viel Spaß beim Hören!